おちゃめ力宣言します！

いろいろな
悩みや不安も
ハッピーに解決！

田村セツコ

河出書房新社

はじめに

人生最強のツール　これが「おちゃめ力《りょく》」

「おちゃめ力」とはいったい何でしょうか。

「おちゃめ」とは、辞書によると、「子供っぽい、愛敬《あいきょう》のあるいたずらをする・こと（さま）。また、それの好きな人やそうした性質。「茶目《ちゃめ》」を親しみやすくした言葉」とありますが、一般的におちゃめとは、無邪気《むじゃき》さや愛らしさ、天真爛漫《てんしんらんまん》さがあり、いたずらもしますが、決してにくめない、そんな人のことを指すようです。ですから、「あなた、おちゃめね」と言われたら、それはほめ言葉ととらえても大丈夫。

私が考えるおちゃめな人とは、たとえばこんな人。

楽しいことが好き。プラス思考。うれしい！　ありがとう！　と素直によろこべる。大《おお》らか。楽天家《らくてんか》。どこかにくめないのんびり屋さん。よく笑う。無邪気……etc.。

そして、このおちゃめさんが持っているパワー、バッテリーがおちゃめ力なのです。

何だか、こうして書いているだけで、口元がゆるんできました。これこそがおちゃめ力のなせる業《わざ》かも。

おちゃめ力というのは、実はすごいパワーを持っているんです。たとえて言えば、自転車が電動アシスト自転車になっちゃうようなパワー。だから、つらい坂道だってスイスイ上ってゆけるようになるんです。それなのに無料だそうですよ(笑)。

このおちゃめ力、私は「ものごとを難しく考えないで生きる姿勢のこと」だと思っています。眉間《みけん》のシワをゆるゆるのばして、口角《こうかく》を上げれば、おちゃめ力を使う準備は完了です。

おちゃめ力のスイッチをオンにすると、あら不思議。私たちが経験するすべてのネガティブなできごとが、あれ、これはもしかするとギフトなのでは、とか、意外と悪くないかも、とポジティブなオーラに包まれはじめます。

ものは考えよう、と昔から言われますが、これもまた、おちゃめ力のなせる業。おばあさんになると、ものを忘れたり、思うように動けなかったりすることも多々あるわけですが、これもまた、おちゃめ力を使ってみると、それはファンタジーの世界に片足を突っ込んだとも考えられるわけで、現実とファンタジーをシャカシャカかき混ぜて、いい塩梅《あんばい》で楽しめるようになるんです。

このおちゃめ力を、花咲《はなさ》か爺《じい》さんのようにパーッ、パーッと振りまいて、あちこちにおちゃめな花をいっぱい咲かせたいものだと私は思っています。

そこで、私が思う「おちゃめ力」と「おちゃめ力」の使い方をご紹介したいと思い、この本を書いているのですが、この中には、私が発明したものばかりではなく、本や映画、街の中で拾った会話など、私がごちそうを食べるように、パクパク、食べて取り入れたもののもたくさんあります。よく言えば、おちゃめ力を駆《く》使《し》して発見したものとでも言いましょうか。

ちなみに、言葉や出来事などをパクパク食べて栄養にする、ってことも、おちゃめ力です。

私の研究によると、おちゃめ力を使っていると、どんどんパワーアップして、ピピピッとキャッチするもの、発見するものも多くなるようです。

目次

3 おちゃめ力を使って生きる

4 おちゃめ力的考え方

Café Bonjour

田村セツコの
「おちゃめ力100か条」

人生は、山あり、谷ありの連続。でも、おちゃめ力を使ってよーく見ると、そこには、キラキラ光る宝石もいっぱい。シャワーのように降りそそぐしあわせもいっぱいあります。

　すてきなことをひとつずつ集めて、人生をおちゃめに、楽しく、ハッピーにしてゆきましょう！　おちゃめ力を上げるための100か条を、さぁ、ご一緒に！

①夜空を見上げたことがある。

②太陽の光をパクパク食べたことがある。

③「若さ＝しあわせ」とは思っていない。

④わからないことを大切にする。

⑤人生をハッピーに、キラキラにする魔法を、実は知っている。

⑥ネガティブワードをおちゃめに変換することが得意。

⑦人生はギフトだと思っている。

⑧ふんわり生きたいと思っている。

⑨答えは自分の中にあると知っている。

⑩夢についていっぱい語れる。

⑪虹を見ると、心が躍《おど》る。

⑫どんなことでも、プロをめざすのであれば、決断と覚悟が必要だと知っている。

⑬どんな人の中にも、元気な少女（少年）が住んでいる。
⑭おばあさんのシワの中にたたみ込まれている経験と情報。それを有効活用すれば怖いものなし。
⑮しょんぼりしている人がいたら、肩に手を置いて、魔法を使ってくださいねと言いたい。
⑯目玉に鉛筆がついているような気持ちで世界を見て、ヒントを見つけることができる。
⑰時代に迎合《げいごう》せず、自分の好きなことを続け、肩肘張《かたひじは》らない自立した生き方を貫く。
⑱自画自賛《じがじさん》で生きるようにしている。
⑲人の評価ではなく、自分の価値観《かちかん》で生きる。
⑳自分の価値観は持っているが、押し通そうとは思っていない。
㉑知らない人と話をすることが大好き。
㉒歳を取れば取るほど、面白いことがいっぱいある。
㉓歳を取ったら、多重人格者みたいにいろんな人になれると信じている。
㉔自分の中にカウンセラーを育てている。
㉕人生、概《おおむ》ね良好、と思っている。
㉖ありがとうございます、と心から言える。
㉗ごめんなさい、と心から言える。
㉘自分の好きなものを知っている。
㉙信じるものがある。
㉚「紙と鉛筆」が大好物。
㉛ノートと本は大切な友だちだと思っている。
㉜好奇心にあふれている。
㉝孤独は嫌いだが、孤独が好き。
㉞「ひらめき」のかけらをポケットにいっぱい持っている。

㉟宝ものを持っている。
㊱つらい出来事も、それを乗り越えて今があると思っている。
㊲日記はバリバリの現役ツール、未来にも役立つと思っている。
㊳「知恵」や「経験」は魔法だと思う。
㊴テレビの画面や新聞の紙面は、社会に向かって開いている窓だと思っている。
㊵見るもの、聞くもの、すべてが教科書だと思う。
㊶からだが心を作り、心がからだを作ると思う。
㊷言葉は生きるための栄養である。
㊸不安になったり、気分がふさいだりしたときの処方箋《しょほうせん》を持っている。
㊹悩みごとはノートに相談して即日解決！がモットー。
㊺いちばん強いのは、笑えることだと思う。
㊻嫌なことを笑いにアレンジできる。
㊼褒められたら、素直に「ありがとう」と言える。
㊽女の子はひとりごとでできている。
㊾キリキリしないで、ゆる〜く、ゆる〜く、肩の力を抜いて生きたいと思う。
㊿つらいことや悲しいことは俯瞰《ふかん》して見ることにしている。
51込み入ってもつれた気分にそよ風を通す魔《ま》法《ほう》の言葉を持っている。
52心の神さまといつも仲よく歩く。
53家は巨大なノートである。
54完璧《かんぺき》をめざさないほうがいいと思っている。
55自分の年齢について、ときには考えるが、あまりとらわれない。
㊻ 自分に魔法をかける呪文《じゅもん》をいっぱい知っている。
㊼ ひとり暮らしにはひとり暮らしの楽しみがあると思っている。
㊽ 小難しく考えない。
㊾ 寂しいとか孤独感はあって当たり前、生きている証拠《しょうこ》だと思っている。
㊿ しあわせをしょっちゅう感じている。
61 お気に入りのフレーズを心にいっぱい持っている。
62 熱意を持って仕事に接すると、仕事が返してくれると信じている。
63 一生懸命やると、どんな仕事も楽しくなる。
64 自分がしあわせだと思ったらしあわせ。しあわせは自分で決める。
65 屋根裏部屋《やねうらべや》の苦学生が憧《あこが》れ。
66 ひとり遊びはお手のもの。
67 楽しいと思えば何でも楽しくなると知っている。
68 世間の目なんてあまり気にしないで、自分が心地よいように生きる。
69 孤独とは軽やかに向き合ってゆきたいと思っている。
70 孤独も大切な自分の宝ものだと思っている。
71 自分なりの儀式《ぎしき》を持っている。
72 人は、自分の人生という作品の作者であり、モデルである。
73 何かに依存しないで立っていられる。
74 孤独は自分を強くするギフトだと思っている。
75 人生は考え方次第でどんな色にも輝く。

⑯ 今が「人生のピークのとき」と思っている。
⑰ いい言葉、勇気づけてくれる言葉を肌身離さず持っている。
⑱ 悲しいこともうれしいことも、両方とも素直に受け止める。
⑲ 考え方を固定せず、心に旅をさせる。
⑳ 孤独は自分を磨くアンテナだと思っている。
㉑ 気分転換の方法を知っている。
㉒ 何事につけ「かわいい」は無敵だと思っている。
㉓ 現在進行形の未完成を楽しんでいる。
㉔ 困ったときは「脳がよろこんでいる、うれしい」と思う。
㉕ ちっちゃなチャンスを大切にする。
㉖ 欠点に気づいたら、自分で自分を褒めて、自分を救済できる。

㉗ 予期せぬできごとが起きたときは、「これは冒険だ」と思う。
㉘ 図書館には沈黙の友がいっぱいいる。
㉙「低く暮らし、高く思う」。
㉚ 意識を持ってお洒落をすれば、何歳になってもチャーミングでいられる。
㉛ 未来は大切にするが、過去にも、今にも感謝!
㉜「よく働いてくれてありがとう。お疲れさま」と、内臓や細胞にお礼を言うことにしている。
㉝ 健康は最高の節約である。
㉞ 背筋を伸ばして歩くことは、自分に対する礼儀である。
㉟ 間を置くと、たいていのことは解決する。
㊱『メリー・ポピンズ』に出てくる魔法の呪文

を言える。

⑰ 欠点は魅力と隣り合わせだと思う。

⑱ 他人のしあわせを自分のことのように喜べる。

⑲ 動物たちと仲良くなれる。

⑳ おちゃめ力は人生最強のツールだと思っている。

Plain living and high thinking

1 ハッピーなおちゃめ力の使い方

人生をハッピーに、
キラキラにする
おちゃめの魔法、教えます

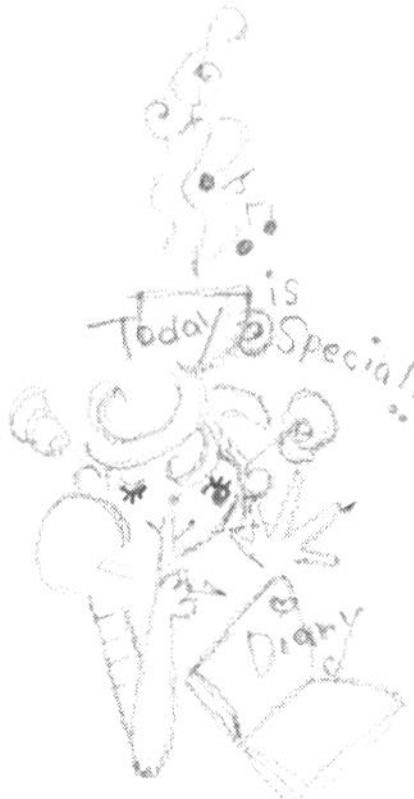

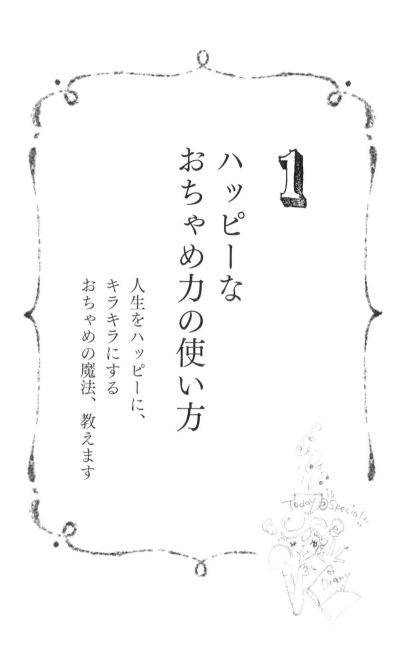

そうだ、おちゃめ力を使おう

生きていると、日々、いろいろなことが起こります。しかも、そのほとんどが予期しないものばかり。「想定外《そうていがい》でした」とすませるわけにはいきませんから、あの手この手でのやりくりを余儀《よぎ》なくされます。

でも、あるとき、気づいたのです。そうだ、おちゃめ力を使おう、って。

昨日までできていたことが、できなくなることだってあります。ビンのふたがうまく開けられなくなった、とか、カボチャのようなかたい野菜を切るのが大変になったとかね。物忘れがひどくなり、ほら、ほら、あれ、そんな言葉が頻《ひん》繁《ぱん》に飛び出すようになったりすることも。

そんなときは、そのことを嘆き、悲しむより、おちゃめ力を使って、「おやまあ、不思議な世界に入ったものだな」「新しい冒険の始まりだな」、そんなふうに未知の世界を眺めてみましょう。新しい宿題をもらっちゃったわ、と肩をすくめてみるのもおすすめです。

生きるということは、いつも今日がはじめての日。経験したことがないまっさらの日なのですね。つまり、1分1秒がはじめてのワンダーランド。眉間《みけん》のシワをゆるめて、おやまぁ、とおちゃめに大らかに乗り越えてゆきたいものです。

「今日はどんなことに出合うのかしら？」と、そこに広がる未知の森を、ワクワクしながら、面白がって暮らしてみようと思っています。

口角《こうかく》を上げて、笑顔になりましょう

みなさま。

どんなことがあったとしても、どんなつらいことがあったとしても、どんな悲しいことがあったとしても、おちゃめ力があればきっと乗り越えられます。

私のこれまでの体験からわかったことです。

そして、おちゃめ力を発揮させるいちばんの方法は何かといいますと、それは、口角を上げることなんです。

お・ちゃ・め・りょ・く。そう言って、キュッと口角を上げてみてください。すると、笑顔になるでしょう。口角を上げて、笑顔になれたら、大丈夫。泣いていたとしても、悩んでいたとしても、つらい時間の中にいたとしても、きっと、きっと大丈夫です。

口角を上げることも、笑顔になることも、おちゃめ力に必要な魔法の粉のひと振りです。
「スマイル」は全身の骨組みをほぐし、内臓を護《まも》ります。
「怒り」は骨組みと内臓を緊張させ、病を招くのです。
どんなときでも、おちゃめの粉を、パッパッとひと振り、ふた振り。
その魔法の粉は、いつも忘れずに持っていてくださいね。

桃始笑《ももはじめてさく》

街を歩くと降り注ぐものがいっぱい。これは私の実感で、いろいろなところでご紹介させていただいているのですが、街を歩くときは、みなさま、ぜひおちゃめ力を満開《まんかい》にして歩いてみてくださいね。本当に、いろいろなものが降り注いでまいりますよ。

あら、こんなところに几帳面《きちょうめん》な生垣《いけがき》が、とか、あら、あの花の蕾《つぼみ》がふくらんできたわ、とか、発見することがいっぱいです。

最近私は、とてもすてきな七十二候《しちじゅうにこう》を知ったので、ご紹介したいと思います。

1年を72に分けた季節を七十二候と言うそうですが、その中の第八候が、キュートな名前の「桃始笑」というもの。毎年、3月10日から14日頃に訪れる、ふんわり、やさしい春のお知らせです。

読んで字のごとく、桃の花の蕾がほころび、花が咲きはじめる頃、という意味のようです。

花笑《はなえ》みという言葉があるように、昔は、蕾がほころんで花が咲くことを「笑う」と言っていたんですって。花を真似して、心とからだをふんわりほどいて、ふふ、と笑ってみましょう。心やからだの中にも、パーッと花が開く気が……。

ひみつのおまじない

さむ〜い日には、ひみつのおまじないで、心とからだをあたためます。

ひみつのおまじない　その①

寒くて身も心もちぢこまってしまいそう……、そんなときは、手を頬《ほお》に当てて、自分の手でじっと頬をあたためましょう。

すると、あら不思議。とっても心が落ち着いて、ぽかぽかあたたかくなってきます。

ひみつのおまじない　その②

魔法の言葉をそっと自分にささやきます。

「うれしい！」

「すてき！」

「大好き！」

「ありがとう！」

この魔法の言葉をささやくと、心とからだがじんわり、ぽかぽかあたたかくなるのです。

だまされたと思ってささやいてみて。言葉の不思議なパワーにきっとびっくりするでしょう。

メリー・ポピンズの魔法の呪文

『メリー・ポピンズ』といえばこのフレーズ。
「スーパーカリフラジリスティックエクスピアリドーシャス！（Supercalifragilistic expialidocious!）」舌をかみそうなほど長いフレーズですが、口にするだけで楽しくなってしまう魔法の呪文。この言葉を唱えるだけで、言いたいことがたくさん湧《わ》いてくるそうです。

英語では34文字、カタカナでも26文字もあるので覚えるのが大変！ でも、口にするだけでピンチを切り抜けられたり、気分がよくなったり。覚えておいて損はありませんよ。

みなさんも、ピンチをどう切り抜けようかな、と思ったときや返事に困ったときは、「スーパーカリフラジリスティックエクスピアリドーシャス！」と言ってみましょう。不思議な力が湧いてくるかもしれません。

言葉の妖精《ようせい》

街にあふれる言葉のかずかず。電車の中でも、ついキョロキョロ。「すべての時間にごほうびを」「人生はすべてパフォーマンス」などなど。

なんか気持ちがポッカリからっぽのときには、街で見つけたすてきな言葉がいっぱい、妖精のように飛んできて、応援してくれるのを感じます。

おばあさんは、魔法使いです

『あたまをつかった小さなおばあさん』（ホープ・ニューウェル作　松岡享子訳　山脇百合子画　福音館書店）という絵本があります。

小さなおばあさんは、大変貧乏で、ひとりぼっち。だけど、頭を使うことにかけては大した人物で、次々に発生する身の回りの困りごとには、「ここは、ひとつ、あたまをつかったほうがよさそうだ」、そうつぶやいて知恵を絞り、とびっきりユニークな解決方法を見つけるんです。

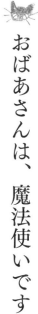

たとえば♡♡♡

毎晩使っている上等なフランネルの毛布は穴だらけで、今年の冬は寒さで凍《こご》えてしまいそう。羽根布団《はねぶとん》を買いたいと思ったおばあさんは、濡《ぬ》れタオルで頭をしっかりとしばり、椅子に座って、人差し指を鼻の横に当てて、目をつぶります。

こうして一生懸命頭を使って考え、羽根布団を買うお金はないけれど、ガチョウを飼って自分で羽根布団を作るという、すてきなアイデアがひらめくのです。ガチョウなら卵も産んでくれるし、一石二鳥《いっせきにちょう》です。

濡れタオルを頭に巻いて、鼻の横に指を当てて、目を閉じる、これが小さなおばあさんの知恵を絞るときのポーズなんですが、このとき、ピピッてアイデアがひらめく模様。そして、言うんです。「わたしはなんてあたまがいいんだろう」って。

アスリートもいろいろ個性的な自分なりのルーティーンを持っていますね。あなたもぜひ！

どんな難題がふりかかったとしても、知恵を絞って、とびきりユニークな解決策を見つけて、それもこれもみんな私が頭を使ったからだ、と無邪気によろこぶ。小さなおばあさん、あなたこそが魔法使いです。

ピンチをよろこびに変える魔法使い

この『あたまをつかった小さなおばあさん』には、実は続編が2冊あります。その1冊『あたまをつかった小さなおばあさん　がんばる』（ホープ・ニューウェル作　松岡享子訳　降矢なな絵　福音館書店）にも、すてきな魔法がちりばめられています。

たとえば、飼っているガチョウの赤い上着に真鍮《しんちゅう》のボタンをつけることを思いついたときのこと。真鍮のボタンを行商人《ぎょうしょうにん》から買おうと思ったものの、ボタンが2個で1ペニーもすることに躊躇《ちゅうちょ》したおばあさんは、ペニー銅貨《どうか》をボタンにすることを思いつきます。こうすれば、ボタンをつけられるし、ペニー銅貨をそのまま持っておくこともできるからです。

頭を使って、使って、使いぬいたおばあさんは、行商人から手回しドリルを1ドルで買って、ペニー銅貨に穴を開けて、ボタンにします。収支はマイナスでしたが、ボタンもペニー硬貨も節約できたおばあさんは大満足。

頭を使って、次々に起こるピンチをよろこびにかえてゆくおばあさんは、やっぱりすてきな魔法使いです。

「せかいじゅうのひとが、わたしがいつもしているように、じょうずにあたまをつかってくれさえすればねえ」

ハイ、私も、小さなおばあさんのように、上手に頭を使ってみますネ！

お姫さまは、実は、あなたの中にいるのです

お姫さまは、小さい頃からの憧《あこが》れですね。

すてきな王子さまが白い馬に乗ってあらわれて恋に落ち、めでたく結ばれて、しあわせに暮らしました。そんなストーリーとともに、お姫さまが身につけているふんわりとしたドレスやキラキラ光るティアラにも、心ときめいたものです。

映画や本の中には、いろいろなお姫さまが登場します。どのお姫さまもすてきですが、私の研究によると、お姫さまには共通点があります。王子さまをただ待っているだけじゃないんです。

お姫さまたちは、どんなに悲しい目にあっても、意地悪をされても、

♡誇り高い

♡やさしい

♡人を疑わない
♡心が広い
♡いばらない
♡くもりのない目でものを見る
♡めげない
♡あきらめない
♡夢見る心を失わない　etc.

☆両方こなせる よくばりレディ!!

そういう性格を隠し持っているのです！

そして、私の研究では、本当のお姫さまは、本や映画の中にいるんじゃなくて、ジャーン！　あなたの中にいるのです。

目には見えなくても、女の子たち（年齢は関係なく）の頭の上には、ティアラが輝いているのです。

自分こそが本物のお姫さまってことを忘れないでね。

腹心《ふくしん》の友《とも》はいますか？

友だちってすてき。

いつ知り合ったのか、覚えていないけれど、いつの間にか心の中にふんわり入っているのです。暗闇《くらやみ》の中にほんのり灯《とも》っているあかりのように。

それに友だちってね、いくら本を読んでもわからないことをふっと教えてくれたりするの。それから、それから、落ち込んだりしていると、大丈夫、元気を出して！　って、そっと励まし、助けてくれるのです。

ハッピーってなあに？

ハッピーというのは、すでに存在しているものをとらえるんじゃなくて、どんなちっちゃなものからでも、発明・発見できるものだと私は思っています。

自分の中にハッピーを探すというのは、すてきなドレスや不自由ないお金、美しい顔……、そんなふうに決まっているものではないっていうこと。もっとオリジナリティーのあるもの、その人自身が見つけるもの。それから工夫して自分が発明するようなものだと思うんです。

外にばかり目を向けて、人目を気にしたり、人からどう思われるだろうと気にしたりすることを早く卒業してほしいと思います。

HAPPYおばさん

『いちご新聞』というサンリオの新聞に、「HAPPYおばさん」というキャラクターを描いています。年齢不詳《ふしょう》で、読者の女の子から見たら、何でもお話を聞いてくれそうな、何でも教えてくれそうな存在として描いています。私自身も、そういう存在がいたらいいな、と思っています。

リボンをつけてアップにしたヘアで、丸い眼鏡をして、エプロンをつけている、ちょっと外国の人みたいなおばさん。そういう人を設定したら、お説教《せっきょう》でも、アドバイスでも、何でもOKなんですね。私が言うとおこがましいけど、HAPPYおばさんに代わりに言ってもらう、そんな感じの存在なんです。

HAPPYおばさんが伝えたいのは、「どんな状況にあってもHAPPYを感じられる、タフな心を持ってほしい」ということなんじゃないかしら、と思います。まさに、おちゃめ力そのものですね。

田村セツコの
HAPPYおばさんのひみつの小部屋
♡今月は〈スクラップブック〉の巻よ!
♡わたしはとにかく、スクラップブックがだ〜いすき!!
こどもの時からそうなの。
ラブリーなキャンディのつつみ紙やキップの半分や
押し花やかがみのかけらや〜〜いろ〜んな
リボンやボタンやシールやすてられないものを
チョコレートのあき箱にためていたの
それをある日スケッチBookにペタペタはりつけたわけ。
そのスクラップのお楽しみが、こんなおばさんになっても
ま〜だつづけているの。ど〜にもとまらないのョ ふふふ。
♡ときどきスクラップブックのページをパラリと開けると
パッと、ひみつのhappyがあらわれて
キラキラかがやきはじめるの。
その時がたとえブルーな気分だったとしても
その気分はみるみる消えてしまうのョ
そうね、それはわたしだけにわかる
ひみつ、ひみつ、ひみつの
すてきな小部屋なのかも
HAPPY
Bourgui
mais
C'EST
gnon...
Happy Cafe
♡わたしは1冊の中に
なんでもかんでもはりつけちゃうけど(アコーデオンみたいになるのョ)
きちんとしたひとは
ジャンル別に
お料理かんけい おしゃれかんけい インテリアかんけい
健康かんけいなどなどにわけて作ると、
あとでホレボレするほどとっても役に立つわョ!!
Interior note
表紙はもち、ずばりのデザインにしてネ
SCRAP Book
SETSUKO TAMURA

自分が持っている魔法のパワーを思い出して！

本来、女の人って強くて、また、そういうふうにできている生き物だと思うんですけど、そのわりにはそれを自覚してないっていうか。ですから、何か心細い、そんな気持ちになったりしますけど、芯《しん》の部分にある強さに気づいてほしい、と思っています。

だから、どこかのひとりぼっちの女の子に、大丈夫よ、ＯＫ、ＯＫ、自分が本来持っているパワーに気づかないでいるともったいないわよ、って伝えたいんです。

おばあさんでもそう。寂《さび》しいワールドにハマってしまっている方がもしいらっしゃるとしたら、本当にもったいないと思います。だって、キャリアを積んで、すばらしい経験をたくさん持っているんですもの。

経験をいっぱい積んでいるから、魔法だって使えるし、泣いている若い子がいたら、魔法の飲み物を差しだしたり、魔法の言葉をかけて、笑顔にすることもできるんです。そこのところに気づいてほしい。本当はすごいタフで賢いんですよ、って。

女性に対する視線と言えばいいのでしょうか。若い女性はもてはやされて、おばあさんになったら用がないみたいな、そういう価値観《かちかん》というのは、ここだけの話ですけど、文化度がすごく低いと思うんですよね。そういう風潮に左右されないようにしてほしいと思います。それはそれでやりすごせるように、ふふ、って通りすぎるような、そういう賢さを持ってほしいと思います。

めげる人はいるわよ。まじめなおばあさんで、どうせあたしは……なんてね。でも、自分のタフさを自覚して、自分の中にある魔法のパワーに気づいてほしい。その人が持っている魔法のパワーに気づかないなんてもったいない、じつにもったいない、そう思います。

魔法の薬

私は、イラストだけじゃなくて、ちょっとひとこと、ささやきの言葉を書いたりする癖《くせ》があります。「きっと試してみてね」とか「がんばってね」みたいなことを、つい書いてしまうんですね。魔法の薬になればいいなぁ、と思って。

その延長線上で、エッセイを書く仕事が増えたかな、と思います。

私自身、転校が多かったこともあって、子どものときから「孤独感」「ひとりぼっち感」があるんですね。だから、読者の方の中に、ひとりぼっちだとか、今、ちょっと寂しいとか思っているどこかの誰かさんがいるかもしれない。それはどこの誰かわからないけど、その子に向けて、ひとことメッセージを入れて、「大丈夫よ」「気にしない、気にしない」「わかる、わかる」「ケセラセラよ」って励ましたくなるんです。

口癖《くちぐせ》は口癖を呼ぶ

「自分はもう若くない」が口癖の人は、からだが老《ふ》け込もうとし、「疲れた」が口癖の人は、常に疲れたからだになるそうです。

脳のコンピュータは人称《にんしょう》を識別《しきべつ》できないので、相手に向かって話している言葉でも、すべて自分の脳に伝達されてしまうんだそうです。

口癖が運命を決める、という言葉もあるようです。

どうせなら、元気に、おちゃめに、ハッピーになる口癖を自分にプレゼントしてみましょう。

ハッピー宣言

「ハッピーになります！」

このひとことで、ハッピーになれます。

なりたい自分があったら、勇気を出して、宣言しちゃいましょう。
○○になります！
勇気を出して言ってみてくださいね。

2
おちゃめ力の使い方

人生のできごとは、すべてギフトです

ノンシャランに生きる

私の場合、流れで自然と仕事のほうにきちゃったんですけど、結婚もいいし、ほがらかなお母さんになるのもいいかなと思っていました。でも、デートをしていても、「今日は締切《しめきり》だわ」と頭の中が締切優先モードになってしまっていて。松本《まつもと》かつぢ先生に紹介していただいてこの世界に入ったのに、締切がルーズだったら先生にも迷惑をかけちゃう、そんな思いが常にありました。

昔、結婚か仕事かで悩んでいたときに、憧《あこが》れの編集者の方にばったりお会いしたので、「私はどちらに重きをおくべきでしょうか？」って訊《き》いてみたの。いきなりそんなことを訊くのも唐突《とうとつ》よね（笑）。

すると、その編集者の方からは、「Y字の分かれ道があるでしょう。とりあえず一方の道に行ってみて、間違っていたらまた戻ればいいじゃない。じっと悩んでないで、どちらかに進んでみれば？」というアドバイスをいただきました。

考え方は人それぞれだと思いますが、もし今、Y字の分かれ道が目の前にあったとしたら、勇気をもってどちらかに進んでみてほしいと思います。ダメだったとしても、がっかりしないで颯爽《さっそう》と戻ってくればいいの。「ちょっと違ったかしら？」ってノンシャランに。

もたついたり、湿っぽくなったときは、ノンシャラン！　おちゃめにまいりましょう。

失敗はトピックス

実は、よく失敗します。

失敗すると、その瞬間はすごく落ち込むんですけど、それをトピックスととらえて、ネタになると思うと、嫌なことでもワクワクしてきます。

何かトラブルがあっても、あっ、そうか、そういうこともあるのかって思っちゃう。それだけじゃなく、ぱっぱっと切りかえて、すぐにメモしておくんです。「地《じ》頭《とう》は転んでもただでは起きない」っていうことわざがありますよね。失敗して、ドーンと落ち込んだときこそ、おちゃめ力の出番です。ふむふむ、ここにはどんなギフトが、って思うと、そこから立ち上がれます。そして、どんなことがあったとしても、手の中にはキラリと光る宝石が残ります。

おちゃめに、ノンシャランに

「苦労しないとバカになる」。これはその昔、私が自分に向けて作った格言です。嫌なことがあったときは、「なるほど！　これが苦労なのね」と思ってニッコリするの。だいたい物語の女の子は、苦労の連続からのスタート。

嫌いな人に会ったときは、無理してやさしくする必要はないけれど、「この人のおかげで私は磨《みが》かれる」と思うのがコツ。

この人、嫌だなぁ、と思ったら、私は、その人の子どもの頃を想像するようにしています。昔、すごく合わない人がいたんだけど、あるとき、その人の手帳からポロッと七五三のときの写真が出てきたのね。その屈託《くったく》のない笑顔を見て、子どものときはあんなに可愛かったんだな、って思ったら、心がゆるんできたんです。

すごくすてきな人にも欠点はあるし、どんなに嫌な人にもいいところが隠れているのは間違いないんですね。もちろん、波長《はちょう》が合う、合わないはあるから、スッと離れたり、寄り添ったり、上手に距離をとることも、ときには必要ですね。争いや嫉妬《しっと》って、すごくエネルギーを使いますから。

ムッとしたり、怒ったり、いつもエネルギー全開でぶつかっていると消耗《しょうもう》します。穏やかでいればエネルギーをキープできる。だから、細かいことにこだわらず、おちゃめに、ノンシャランに。人間関係も省エネが大切よ。

女の子はひとりごとでできている

ひとりで何やらブツブツ、ひとりごとを言っている人を見かけると、「何だかちょっと変わった人だな」と思う人は多いかもしれませんが、そんな人は、ひとりごとのすてきなひみつに気づいていないのかも。

『不思議の国のアリス』のアリスも、『風と共に去りぬ』のスカーレットも、物語のヒロインは、みんなひとりごとをつぶやいています。

また、テレビでみるアスリートたちも、試合の前や後に、何やらブツブツ、ひとりごとをつぶやき、うん、うん、とうなずいていますが、そうすることによって、自分で自分を励ましているんだと思います。

考えていることや願いというのは、口に出すことによって、脳がものごとをより明確に、早く記憶し、実現に向かって動いてくれるもののようです。

そういえば私も、探しものをしているときなど、あれはどこにしまったかしら、とか、どこにいっちゃったかしら、とブツブツ言っていることが多いわけですが、こうしたほうが見つかる確率が上がるみたいです(笑)。

悩みがあるときも、ひとりごとでもいいので口にしてみましょう。私の体験上、嘘《うそ》のようにあっさり解決することもあります。そうしたら「OK、OK」とひとりごとで自分を励まして!

ハッピーの才能

『いちご新聞』で連載中の「ＨＡＰＰＹおばさんのひみつの小部屋」では、毎回、名作の中の少女をひとりずつ紹介しています。『不思議の国のアリス』のアリスとか、『長くつ下のピッピ』のピッピとか、『小公女』のセーラとか、『パレアナ』のパレアナとか、『家なき娘』のペリーヌ、『赤毛のアン』のアンとか。みんなおなじみの有名な少女たちですね。

そして気づくと、共通点がはっきり見えてきました。それは、みんなラブリーなのに、逆境《ぎゃっきょう》になったとき、めげないで、俄然《がぜん》タフになること。自分を励まし、あれこれ工夫して立ち直るハッピーの才能を秘めているらしいのです。

人のせいにしない、人に甘えない、そんな性格の女の子ばかり。ちょっと驚きでした。

ペリーヌなど、葦《あし》の茎《くき》で靴を修理したり、缶詰めの空き缶を石でたたいて、お鍋《なべ》やスプーンまで作っていて、ビックリ。かっこいいなぁ。真似《まね》したくなりました。

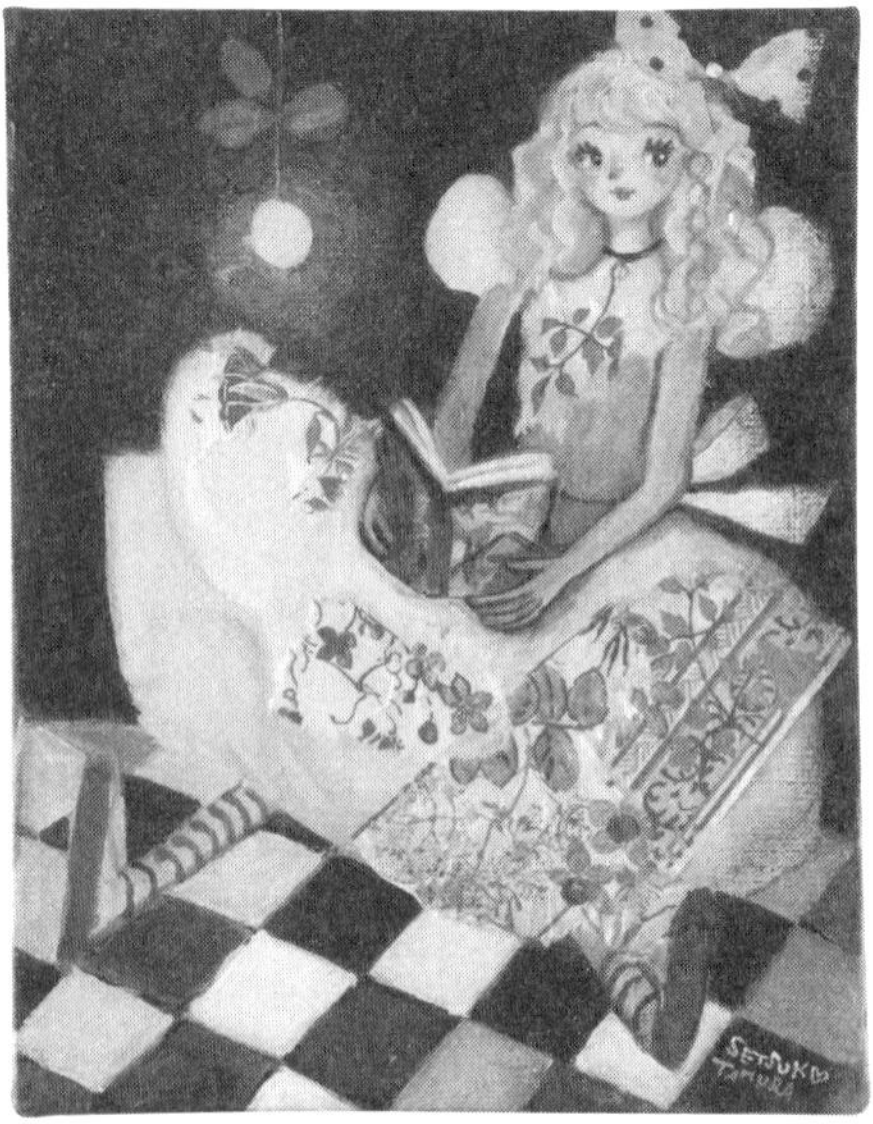

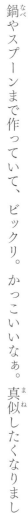

「低く暮らし、高く思う」

少女時代から、憧れの暮らしのイメージは変わっていません。それは、「屋根《やね》裏《うら》部《べ》屋《や》の苦学生」。人の好みは何て変わらないものなんでしょう！　とビックリするんですが、私は、広々とした贅沢《ぜいたく》なお部屋や豪華《ごうか》な生活なんて、ぜんぜん興味がないんです。

私が子どもの頃は、絵に描いたようにあたたかな、楽しい家庭でした。楽しい、しあわせな家庭というものを満喫《まんきつ》して、お腹いっぱい、胸いっぱいになったので、生《なま》意《い》気《き》なようですが、自分が大人になったら、小さくても、狭くてもいいから、本とコーヒーがあって、そこにチーズがひと切れ添えてあれば満足、そんな屋根裏部屋の苦学生みたいな生活をしたいと思うようになりました。

それだけじゃなく、屋根裏部屋の苦学生には、可能性がすごくあると思っていました。本を読んで、一生懸命勉強すれば成績がよくなるかもしれないし、夢だって引き寄せることができるんじゃないかって思っていたんですね。

“Plain living and high thinking”

「低く暮らし、高く思う」

これは、ワーズワースの詩の一節らしいんですが、私は岩波書店の本の中で知りました。

岩波書店の社長さんがそうおっしゃっているのを読んで、カッコいい！　いい言葉だなぁ、と思いました。これこそ屋根裏部屋の苦学生の志にピッタリな言葉だと思って、今も指針《ししん》にしています。

愛には不思議なパワーがいっぱい！

昔、ある新聞の少女向けの相談コーナーを受け持っていたことがあります。そこにくるのは、どういう方法なら自分の愛を受け入れてもらえるかと頭を悩ませている、という手紙がほとんどでした。私としては「あなたが真剣にA君のことを好きなら、きっと通じるわよ」と答えたいところですが、それではあまりにも素《そ》っ気《け》ないので、あの手この手でアイデアを考えて、アドバイスをしていました。

ところが、切ない片思いを卒業して両思いになると、今度は、彼の愛し方が足りないとか、私に100%の愛を注いでくれない、挙句《あげく》の果てには、自分のほうが損しているとか、得をしているといった「？」マークが胸の階段を上がったり、下がったり。

こういう人たちは、断固として自分を被害者と思っていて、人生設計上、トータルで相手より損をしているとかたく信じています。しかも、損を恐れるあまり、損過敏症にかかってしまい、もう「この点でも、あの点でも、私は損をしている！」と、損ばかりを数え上げてしまいます。何しろ、目が損の方向をジッと見てしまうので、溝に落ちたくないのに、どうしても落っこちてしまう自転車のようなものです。

ごくたまに、損することをあまり気にしない人もいます。そういう人たちは、「何だか得しちゃった」と、どんな状況からもいい面を抽出《ちゅうしゅつ》する才能に恵まれているらしく、雪だるま式に得しているようです。

つまり、損を恐れる人の帳簿《ちょうぼ》にはどんどんマイナスが加算《かさん》されていき、得と感じる人のそれには、どんどんプラスが加算されていくみたい。

できることなら、いつも「何だか得しちゃったみたい」と、すべてを肯定的《こうていてき》に、楽天的《らくてんてき》に受け止めて、胸の中を新鮮な愛でいっぱいにしておきたいものです。

愛は不思議なパワーを持っているので、どんな夾雑物《きょうざつぶつ》も不純物も怖くないのです。困ったときは、ふんわり霧をまいて、消毒してくれたりもするのです。

どの人も貴重な存在

日々、つくづく思うのは、どの人も貴重な存在だってこと。

街を歩いていたり、カフェでお茶を飲んでいたり、電車に乗ったりしているときというのは、ある意味、見知らぬ人と同じ時間、同じ空間を共有しています。

そんなとき、誰でも、どんな人でも、私の知らない体験や経験をしているんだなぁ、と思って、まわりを眺めています。

本当に、どの人も貴重な存在であり先生。いろいろなことを教えてくれるし、考えさせてくれます。

ニュースや新聞で事件を知ったときも、それぞれに事情があるんでしょうね、みんな私の知らない体験や経験をしている人たちなのね、と思うと、やっぱりどの人も貴重な存在だな、って心から思います。

扇子《せんす》に書いた座右《ざゆう》の銘《めい》

昔から、新年になると、「よーし、今年こそは！」と、自分なりに張り切って、何かしら決心を固めたものでした。

日記の第1ページに書き記したり、日記帳だけでは足りずに、勉強机の前の壁にも貼り紙をしたり。でも、そのまま書くと照れくさいので、私だけにわかるように暗号化したものを書いて、悦《えつ》に入《い》っていました。

私が憧れて真似しているのは、将棋《しょうぎ》の棋士《きし》の先生方の扇子です。

棋士の先生方は、対戦中に、しっかりと握りしめ、少し開いたり、閉じたりしながら、かすかに、パチンと音をさせたりします。また、熱戦のさなかには、パタパタと風を顔に送ったり。そして、そこには必ず、その棋士の先生方が選んだ、とっておきの言葉が書かれています。

ちなみに、棋界のスター、羽生《はぶ》善治《よしはる》九段の扇子には、「泰然自若」「清正見知」

「爽」「致力」などと書かれているとか。

私の友人にも、扇子に文字を書いて楽しんでいる人がいます。「気」とか「風」と書いて会議に臨むと、なかなか効き目があるそうです。パタパタあおぐと、気分が爽《さわ》やかになって、建設的なエネルギーが湧《わ》いてくる、とのことです。

私も、女性用の扇子に絵を描いて、好きな詩の中の言葉を書いたりしています。たとえば、句会の席などで、お題を前にさっぱりいい句がひらめかないときなど、さり気なく扇子で涼しい風を送り、そこに書いた文字を見ると、不思議と心が落ち着き、すらすらと（?）句が生まれることもたびたびです。

詩の宝もの

最近、あまり詩が読まれなくなったと聞きました。本当かしら。お気に入りの詩があると、その詩が、いろいろなときに背中を押してくれたり、元気をくれたりするのに、と私は思っています。

ちなみに私のお気に入りの詩の一篇は、中原中也《なかはらちゅうや》の「湖上」という詩。

ポッカリ月が出ましたら、
舟を浮べて出掛けませう。
波はヒタヒタ打つでせう、
風も少しはあるでせう。

（「中原中也詩集」岩波文庫、岩波書店より）

この詩はこのあと長く続くのですが、私ははじめのこの部分だけ覚えていて、お気に入りの詩として、いつもポケットに入れて持ち歩いています。用事が重なって、にっちもさっちもいかないときとか、気がかりなことが起こったときとかに、この詩のポッカリお月さまと波のヒタヒタが助けてくれるからです。いま、詩の不思議なリズムのおかげで、心がほぐれて軽くなる感じ。

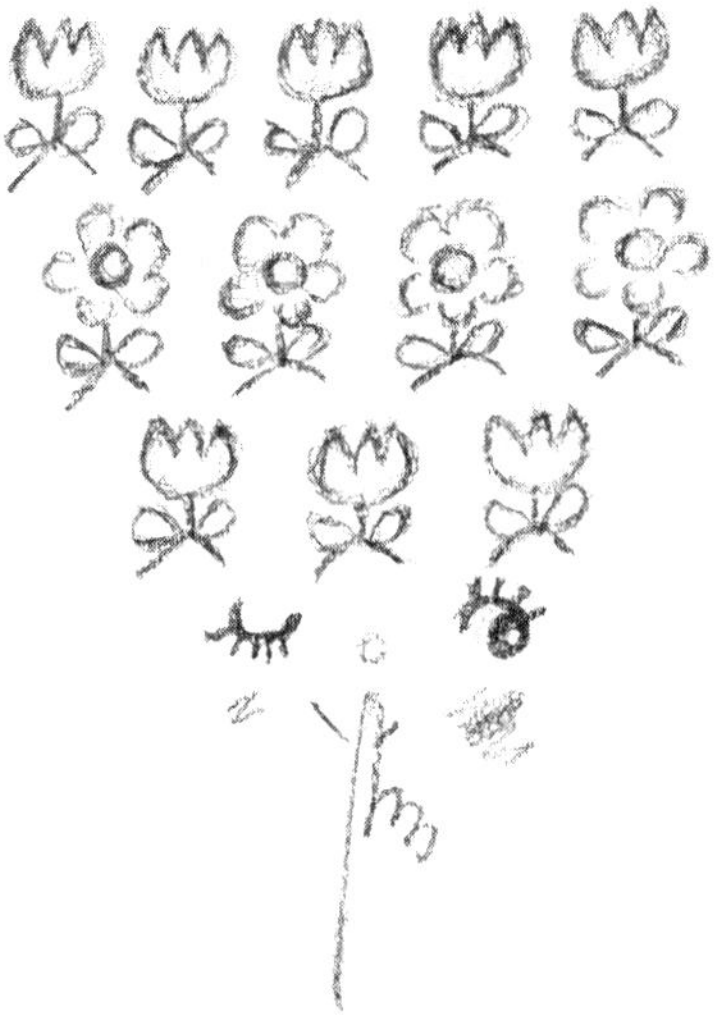

もう一篇は、ワーズワースの「草原の輝き」です。

草原の輝き
　花の栄光
再びそれらは還《かえ》らずとも
　なげくことなかれ
その奥に秘めたる力を
　見出すべし

すてきな日々が還ってこなくても、嘆くことはない。その奥に秘めた力があるから、それを見出《みいだ》せば大丈夫。そんな詩です。

たとえば大スターは、すばらしい栄光があったけれど今は……みたいな取り上げ方をされることがありますよね。私たちだって、あの頃はよかった、でも今は……そんな思いになることがありますが、輝いていたときというのは消えないであるわけ。でも、多くの人が、過ぎたことは消えたことだと思っちゃうみたいなんですね。

でも、本当は違うんです。よかったあの頃というのは消えることはなくて、めくって見れば、地層《ちそう》のようにそこでちゃんと輝いているんです。しかも、いつでも、何回でも思い出すことができるんです。これって、魔法そのものだと思います。しかも、いつでも会うことができるんです。人生をストーリーとしてとらえないで輝く瞬間としてとらえること。するとそれらはいつでも会えるし、色あせることがありません。

つらいな、悲しいな、と思っていたときにも、実は輝きもそこにはあったはずなんですね。それが今の力になっているんです。これもまた、魔法そのものだと思います。

Splendor in the Grass 7
Though nothing can bring back
The hour of Splendor in the grass
of glory in the flower
we will grieve not
Rather find strength in
what remains
behind
W. WORDSWORTH

私だけの宝もの

あなたの宝ものは何ですか？　というアンケートを読んだことがあります。へその緒《お》とか、子どもが描いてくれた似顔絵《にがおえ》とか、はじめて買ったギターとか、その答えはそれぞれで、高価なものとかじゃなく、その人にとってのかけがえのないものが宝ものなんだな、と思いました。

宝もの。それは思い出かもしれないし、ポケットにしのばせたお気に入りの小石かもしれないし、夜空に光る星かもしれません。それは、他の誰かにとっては何の価値もないものかもしれません。でも、その人にとってはキラキラ輝くかけがえのないもの。

1日1日がかけがえのない宝もの、という考え方もできますね。

笑った日も、泣いた日も、絶望に打ちひしがれた日も、よろこびに満ちあふれた日も、どんな日も、一生に一度しかありません。そして、今日という日には、一生に一度だけ巡り合えるのですから！

私たちのからだだってそうですね。どれだけお金を積んでも手に入れることができないものをギフトとしてもらって生まれてきているんです。これってものすごいことだと思います。

ピューッと俯《ふ》瞰《かん》してみたら

「孤独」をテーマにした本も書きましたが、孤独や寂しさは毎日感じます。

それは、私としては「生きている証拠」だと思っています。私が見渡したところ、どんなシチュエーションであろうと、どんなにぎやかな家庭にいようと、どんなにやさしい恋人がいようと、やっぱり孤独からは逃れられないように思います。

自分のことばっかり考えていると、私は何て寂しい身の上なのかしらって思ったりするんですけど、ピューッと俯瞰して眺めてみると、寂しいってぶつくさ言っている自分がそこにいて、でも、同じようなことを考えている人が近所にもいっぱいいて、東京にも、日本にも、世界にもいっぱいいて、そういう中のひとりだということがわかります。そこにかたまっていたら、時間がもったいないって思います。

孤独なんて、それは世間にザラにある話で、生きていれば孤独を感じるのは当たり前。死んだらあの世で友だちがいっぱい待っていて、どうぞ、どうぞ早くいらっしゃいって、にぎやかなんですよ。だから、生きているときに孤独を味わったりするんだと思うんですよね。どうなのかしら。

人間はお母さんのへその緒が切れたときから、ポンと裸で外に出されたの、「good luck!!」って。

母親はミラクルなビッグ・クリエーターです

母は、絶対私は自宅で、って言うので自宅で。妹はパーキンソン病になったので、実家に引き取って介護したわけなんですけど、まわりの人からは、家で介護なんかしたら共倒れになるわよ、って言われました。でも、私にははじめての体験だったので、どんなに大変なのかやってみよう、と。もし本当に大変だったら専門家の方にお世話になるけど、できるところまでやってみようと思ったんです。でも実際は、意外と大変じゃなくて、楽しいっていうとあれですが、心あたたまる日々でした。

私が2人の部屋の真ん中に寝て、どちらかが呼んだら、2時間おきくらいにそこへ行ったりするんですけど、それも慣れてしまえば呼吸がわかるというかね。それに、紙おむつもありました。紙おむつを実際使ってみると、軽くてあったかくて、匂いもなくて簡単なんですね。何てありがたいものができたのかしら、と思って、毎回感動しました。

介護しながら、私たちが赤ちゃんだったとき、母はどれだけ大変だっただろうと思いました。4人の子どもを世話して、熱が出たらお医者さんに連れて行って。その恩返しをするビッグ・チャンス到来！　わぁ、やった！　もう何でもします、お母さん！　って感じでしたね。母は偉大と誰でも言いますが、本当に、子どもを産んで育てることがどんなにすごいミラクルなことか。実にビッグ・クリエーターですよね。みなさま、お母さまをお大切にネ。

介護生活からパワーをもらいました

介護をしている間、仕事もちゃんとして、個展もしました。朝、昼、晩と世話をして、ヘルパーさんに手伝ってもらっている間に打ち合わせに行ったりしていたんですが、実は、そのやりくりを楽しんでいました。

まわりの人たちからは、やつれたんじゃない？　大丈夫？　と心配されたりしましたが、私自身は疲れたって思っていなかったし、その自覚もなくて、むしろ、できることをやれて、すごくすっきりした感じでした。恩返しが少しだけできたかな、と思って、ほっとしたっていうか。心もぽかぽかした感じ。

もうひとつ、介護というのは、こっちがするんじゃなくて、相手から守られている部分があることを知りました。

介護というのは、一生懸命お世話している間のエネルギーや元気をもらえているんだ、といういい情報がどこからか入ってきたんです。確かにそうなのね。こんなに寝ないでも元気なのは、元気やパワーをもらっているんだわ、って思いました。

『不思議の国のアリス』は、何でこんなにいろいろなことが次々に起こるんだろうって、若いときはよくわからない部分もあったんですが、この物語が長い間愛されているのは、生きているということは日々何が起こるかわからない冒険の道のり、そのことを教えてくれているからなんだと思いました。

だから、介護をしているときも、私は今『介護の国のアリス』なんだわ、と思うようにしていました。日々やっていることが、アリスのような冒険だと思えば乗り越えられる。こんなふうに、メルヘンに助けられるっていうか。本棚の中のヒロインたちがいっせいに応援してくれているみたいな感じでした。

物語のヒロインというのは、悲惨《ひさん》な状態から立ち上がって、元気に生きていく子ばっかりですよね。だから、少女ものっていうふうに決めつけないで、そこからヒントをもらってほしいと思います。

介護にもおちゃめ力を

親の介護で悩んでいる人は多くいらっしゃるようで、私のブログにも、そんな方からコメントをいただくことが多くありました。

そのときの、ある方への返事です。


〇〇ちゃん、お母さまとの暮らし、ごくろうさま。私も母が97歳で亡くなるまで一緒に暮らしました。大変といえば大変、しあわせといえばしあわせな日々でした。

私の友人で、辛口《からくち》コメントがお得意な人が「あら、わがままなときは手に負えないペットだと思えばいいのよ」と言いました。自分の親のことをペットだなんて不《ふ》謹慎《きんしん》、と思いましたが、正直、ほんのちょっとだけ、ほっとしたことを覚えています。

おすすめは「お母さまを、褒めて、褒めて、褒めまくること」。これは、別の友人の言葉です。「褒め言葉はどんなお薬より効き目がありますよ」と。「さすがね」とか「おかげさまで」とか「わぁ、よく気がついたわね」などの短い言葉でOK。

あと、励まされたのは、「いいわね。お母さまが生きてらっしゃるなんて、羨《うらや》ましいわ」という言葉。この言葉から、いっぱい元気をもらいました。

夜空の星がきれいでした

3・11の大地震のときは、部屋の本棚が倒れて、本がドアをふさいでしまったので、部屋に入ることができませんでした。その後しばらくは、TVのニュースにくぎづけの日々。

そんなある日、80歳の祖母を助けた16歳の少年の記事を読みました。9日間、救助までの間をどうすごしていたのか聞かれ、「星がきれいでした」と答えたという記事が、そのときの新聞に出ていたのです。沈みかけた家の屋根の隙間《すきま》から夜空が見えたのですね。

窮地《きゅうち》でも、閉じ込められた家屋の隙間から星を見て、きれいと感じられる……そんな少年であるあなたこそが、この世に今輝く、ミラクルな星だと思います。

絶望したらあなたの人生に失礼

あるとき、私のブログに「家族も、友人もなく」という方から、質問とも思えるコメントが届きました。

私が思うに、世の中には血のつながらない家族や友人がいっぱいいる気がします。駅で働く人、よその赤ちゃん、犬や猫ちゃん……。出会った人やものに、「あらまぁ、こんにちは！　お元気？」」、こんな感じで声をかけるのは、老人の得意技という噂《うわさ》がありますが、誰だってお友だち候補だと思えば、人生が楽しくなってくる気がします。

絶望したらあなたの大切な人生に失礼かも。無理に笑わなくても、心の中でそっとほほえむネタを見つけてくださいね。その気になるといっぱいあると思います。私も友だちに入れてくださいね（笑）。

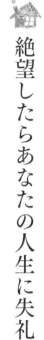

夜空にまたたく、生きているダイヤモンド

夜空を見上げるのが大好きです。

空には、キラキラ光る、生きているダイヤモンドがいっぱい。だから、宝石はなくてもOK！　子どものときからそう思っています。だって、見上げればいつだってそこにあるんですもの。

しかもそれがジッとしていないで、キラキラ、ささやくようにまたたいているんです。見上げるたびに、生きているダイヤモンドがいっぱいだなぁ、こんなに美しいものが無数に輝いているなんて、何てすてきなの！　といつも思っています。

まさしく生きているダイヤモンド。この美しさには、もう目を見張ります。

『星の王子さま』（サン＝テグジュペリ作　内藤濯訳　岩波文庫）の「ぼく」は、夜になると、空に光っている星たちに耳をすますと、「まるで五億《おく》の鈴が、鳴りわた

っているようです……」と言っています。

また、岡本かの子は、「星」というエッセイの中で、こんな風に書いていました。

「私は、渡欧の船中、印度洋で眺めた南十字星の美しさは、いつまでも忘れ難い。コバルト色に深く澄み渡つた南の空に、大粒の宝玉のやうに燦々と光り輝く十字星は、天空一ぱいに散乱する群星を圧してゐた」

岡本かの子も、十字星を大きな宝石のようだと思って見上げたんでしょうか。

今、私はすごい雑踏《ざっとう》の街に住んでいるのですが、夜空を見上げている人って、意外と少ないんですね。道行く若い人に、ねぇ、あそこを見て！　そう言って輝く満月や星を指さすと、夜空を見上げないで、びっくりしたような顔でこっちを見ているの。ホント、見上げないのね。

『星の王子さま』の中でも、王子さまが遠くに行ってしまうことを嘆く「ぼく」に、王子さまがこんなふうに言いますよね。

「夜になったら、星をながめておくれよ」

って。

私も真似して言いましょう。夜になったら星を見てね！

SETSUKO

3 おちゃめ力を使って生きる

お気楽に、ふんわり生きてまいりましょう

自分の中にカウンセラーを育てましょう

いつも明るく、前向きに、おちゃめでいようと思っているのですが、ときには落ち込むこともあります。そういうときは、私の中にいる自家製のカウンセラーが助け船を出してくれます。

私の中には、意見をしてくれたり、忠告してくれたりするカウンセラーがいるんです。いるっていうより、自分の中にカウンセラーを育てているって感じかも。

母や妹の介護で大変だったときも、そのカウンセラーが、あんまり落ち込まないようにね、気にしないようにね、あんまり睡眠を削らないようにね、ってアドバイザーのように忠告してくれました。

このところ忙しかったなぁ、と感じたときも、働きすぎたり、飲みすぎたりしないようにね、食事も大切よ、って、アドバイスをくれる本当に優秀なカウンセラーなんです。

私の研究によると、おちゃめ力というのは、キッキッにならず、ふんわり、ほんわり、気持ちをゆるく持って、心のスペースを開けておくということでもあるようです。そこに、カウンセラーの居場所を用意してあげましょう。

フランスの女流作家ジョルジュ・サンドは、ドクター・ビオフェルというお医者さまを創造し、疲れたときはドクター・ストップをかけてもらっていたそうです。

うららかには、うららかで対応してくださいね

役所に行ったときなど、「○歳以上の方はこちらに」って言われて、自分の年齢に気づくと、リボンをつけた洋服を着ていることがちょっと恥ずかしかったりするんですが、普段はそんなこと、すっかり忘れて暮らしているっているのが本当のところ。だから、ときどき、自分の年齢に気づいてビックリしています（笑）。大雑把《おおざっぱ》に言えばおばあさんなわけですから、雑誌などで「認知症《にんちしょう》」についての取材を受けることも多くなりました。

そんなとき私は、「あまり悲観《ひかん》的《てき》には考えていません。病気じゃないんですから」、そんなふうに能天気《のうてんき》なことを言っているんですが、一生懸命生きてきて、その固く閉まっていたネジがちょっぴりゆるんでうららかになっただけなんだから、そんなに嘆き悲しむことかしら、と実際思っています。まわりの人が眉《まゆ》をひそめて、叱《しか》ったり、悲しんだりするのは、本人のストレスになるからやめて、っ

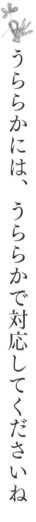

て言っているの。そのストレスがますますご本人を追いつめて悪化するかもしれません。

私の恩師が、自分のお家がわからなくなって、遠くからお電話があったことがあって、そのときに、ご家族の方から、上田《うえだ》トシコ先生にこのことを伝えてほしいと頼まれたんですね。どんなふうに伝えたらいいかしら、と考えて、「先生がちょっとうららかになってしまわれて」と伝えたら、「あら、うららかっていいわねえ。私のときも、うららかって言ってね」とおっしゃったの。うららかになる、という言い方をとてもよろこんでくださったんです。

そうなんですよね。うららかになっただけなんです。ですから、こちらがうららかになったら、眉をひそめたりするんじゃなく、うららかに対応をしてもらいたいものだと思っています。

うららかにはうららかで対処してくださいね。よろしくお願いします。

叱るより、笑顔をよろしくね。

働くことを好きになる方法

私自身、締切《しめきり》厳守で紙と鉛筆で一生懸命絵を描いていたら、いつの間にか仕事が大好きになっていました。

とにかく何でもいいから、一流とか二流とか関係なく、自分に与えられた仕事を一生懸命やることが大切なんじゃないかしら。世の中に値打ちのない仕事はないんです。だから、自分が出合った仕事をがんばって続けてみて！　あまり気乗りのしない仕事だったとしても続けてみるんです。そうすると、いつかそこからよろこびが生まれてくる仕組みになっているようです。

不思議なんだけど、私の体験上そうだったんだから、間違いないと思います。

一生懸命にやることで開く扉があります

できることとやりたいことが一致せず、仕事ではどちらを優先すればいいですか、という相談を受けたことがあります。

私が思うに、一生懸命にやることで開く扉があるはずなんですね。ですから、仕事はチャンスがあれば何でもやってみることをおすすめします。

「アートの世界で羽ばたきたいのに、回ってくるのは夢のない仕事ばかり」という声もよく聞きますが、私は「そういうことから逃げちゃいけない」って思います。やりたくないと思っていた仕事でも、おちゃめに、明るく、一生懸命やっていると、不思議と楽しくなってくるし、思いがけない新しいステージが用意されていた、ということもあります。

その人にキラキラのオーラが漂いはじめたとき、それは、夢への扉が開く合図かもしれません。

仕事にこそ、おちゃめ力を

仕事というのは、いい加減《かげん》にやると面白くないんです。最初は、面白くなさそうな仕事だと思っても、おちゃめ力のスイッチをオンにして口角《こうかく》を上げ、一生懸命熱中してやると、あら、不思議、だんだん面白くなってくるんです。これって、とても大事なことみたい。

ちなみに、口角を上げると、眉間《みけん》のシワが消えるんですって！

自分をその気にさせて、すればするほど仕事が楽しくなってくる。おちゃめ力を使ってその境地になれれば、しめしめ、ですね！

仕事を愛すれば、その仕事があなたを愛してくれる

「どんな仕事でも、それを愛することよ。すると今度は、その仕事がたくさんの愛をくれるわ」

これは、『バルコン』（ジャン・ジュネ作）というフランスのお芝居の中のセリフです。

これって、まるで魔法の呪文のよう。どんな仕事でも、あなたがその仕事を愛したならば、今度はその仕事があなたを愛してくれる。何てすばらしい真実なんでしょう！

街を歩いているときも、たとえば、ブティックの女の子が、ていねいにそのお店の窓を磨いているのを見ることがあるのね。そんなときも、このセリフを思い出すの。そして、一生懸命、あなたが心を込めてしているその仕事にはすてきな

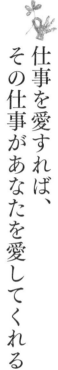

化学反応が起こって、いつかきっと、あなたにご褒美《ほうび》をくれると思うわよ、そう心の中で声をかけています。

シャンソン歌手のジュリエット・グレコもインタビューで、「人生の喜びは、仕事を熱烈に愛すること」と言っていて、「熱烈に」ってカッコいいなと思いました。

やりたい仕事を求める気持ちもわかるけど、できることをやっていくうちに、それがやりたいことにつながっていくかもしれない。私自身も、はじめは、この仕事が好きかどうかはわからないながら、締切厳守で紙に向かって鉛筆を無我夢中《むがむちゅう》で握りしめているうちに、いつの間にか大好きな職業になりました。

今、仕事が大変、仕事に情熱を傾けられない、そういう方もいらっしゃると思います。でも、今、目の前にある仕事を愛してあげてね。ハイ、私もそうします。

チャンスこそが報酬《ほうしゅう》

その昔、タイピストとして会社勤めをしている80代の女性の記事を読みました。その女性は毎日、「私を雇ってくれて社長さんに感謝」と思っているんですって。会社に「いることが当たり前」じゃなくて「雇ってくれていることに感謝」って。

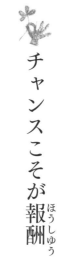

もし現状に多少の不満があったとしても、会社から「働いてほしい」と思われているなら、それはギフトだと考えてみたらどうかしら。「お給料が安い」とか考え始めると、「もっといいところがあるのでは」と欲張りになっちゃう気がします。

事件を解決したのに報酬を逃したシャーロック・ホームズが、「チャンスこそが報酬なんだよ、ワトソン君」と言う場面がありますが、こんなふうにお給料じゃなくて、その会社に勤めるチャンスを与えられたことが報酬だととらえるの。日本には「縁あって」という言葉があるでしょう。だから与えられたその場で、存分にエンジョイして頑張ってほしい。

それから、みんな年齢のことを考えすぎるし、年齢にとらわれすぎているわよね。感謝して働けば、若々しくいられるし、チャンスもやってくると思います。感謝したもの勝ちよ。毎日鏡に向かって、「私ってけっこうイケてる」と暗示をかけることも忘れないでね。

本物のスマイル？

あるとき、テレビをみていたら、デュシェンヌ・スマイルなるものが紹介されていました。

これは、フランスの精神内科医・デュシェンヌが発見したことにちなんで、この名で呼ばれているそうです。それは、口角が上がっていて、目の端にカラスの足跡のようなシワができる、そんな笑顔だそう。そして、そんなチャーミングな笑顔の女性は、その後の人生において、満足度も幸福度も高いという研究結果があるそうです。

ところが、それだけではないんです。

何と、このデュシェンヌ・スマイルは、心だけではなく、身体面の健康を守り、寿命を延ばす効果もあるのだとか。すごい！　目尻のシワを気にしている場合ではありませんよ！

ポイントは、口角が上がっていること。目尻にカラスの足跡ができていること。
笑っていればいいことがある。笑《わら》う門《かど》には福来《ふくきた》るということわざもありますが、
どうやらそれは本当のようです。

現役でいるための秘訣《ひけつ》。そうだ、仕事をしよう

長く現役を維持するコツは、疲れたときは休むのではなく、逆に仕事をすることではないかと思います。

あるジャズ・ミュージシャンのお話です。

ベースマンの彼はすごく痩《や》せっぽち。でも、長時間のライブで他のプレイヤーは次々に変わるのに、彼だけは長時間立ったまま演奏しているんです。

ライブが終わってから、「おつかれさま！　まー、大変ね、ずっと立ったまま弾いてらっしゃって」と声をかけたら、「いえいえ、ぜんぜん。疲れないコツは仕事が教えてくれました」という返事が返ってきました。

そのとき、「疲れないコツは仕事が教えてくれる」という言葉が、私の中にポーンと入ってきたんです。そうしたら、そうだ、仕事をしよう、絵を描こう、と心から思えました。

仕事をしないと、心に隙間《すきま》ができます。でも、無理にでも仕事をしていると、だんだんエンジンがかかってくるみたい。

私の場合、仕事のオファーがあるとうれしくて。依頼があるうちは元気でいられる。昔から、お姫さまより召使いが好きなの。上《あ》げ膳据《ぜんす》え膳《ぜん》で贅沢《ぜいたく》をしていると具合が悪くなる性分なんです。

まったりと生きる

私はどこにも所属せず、自分の好きな絵を描いて生活をしています。だからなのか、女性がひとりでフリーランスの仕事を長く続ける秘訣は何ですか、とよく訊《き》かれます。

そんなとき、私は明るく答えます。

「まったりと続けていけばいいのよ、まったりとね」

まったりとは、味わいがまろやかで、コクがある、とか、ゆったりとしたさまを表現する言葉ですね。つらいことがあっても、ゆったりお湯にでもつかる心境で、あ〜、こんなときもあるわね、くらいにふんわり受け止めておきましょう。そうすれば、その思いが緩衝材《かんしょうざい》になって心にケガをしにくいし、つらいことも、味わいやコクになってゆくようです。

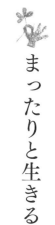

人生も、仕事も、まったりと続けてゆきましょうね！

気楽さというのは実はとても力強いことなんですって。アスリートも、さんざんトレーニングしたら試合のときは気楽にやることが大事だとか。

どうしようかなぁ、と思うことがあったとしても、過度の心配や不安は不要。一緒に仕事をしている人たちを信じて、「よろしくね！」とお任せしてみるのもひとつの手だと思います。だって、どんな仕事も、プロ同士がお互いに力を出し合うからこそできること。ひとりではできません。お任せすることで、すばらしい化学反応が生まれるかも、ってワクワクしながら思うんです。よろしくネ！

私が大事にしているもの

インタビューで、「セツコ流の生き方をされている中で、何をいちばん大事にしてきましたか」と訊かれたことがあります。

そのとき、何を大事にしてきたかなぁ、としばし考えたのですが、次のように答えました。

あんまり先のことを考えないで、今あること、今依頼されたことを精一杯すること。そしてそれをネックレスのようにつないでいるだけなんですね。だから、将来の展望とか対策というのは一切ないんです。その日暮らしといいますか。

「一日一日と重なってゆく日々は一年と名づけられたネックレスに連ねられた、黄金の玉のようにもアンには思われた」（『赤毛のアン』L・M・モンゴメリ著　村岡花子訳　新潮文庫）

アンがそう思ったように、今日1日は、かけがえのない真珠のひと粒。だからこそ、今、目の前にあることを精一杯がんばる。人生は、そんな思いの1日1日の連なり。そんなふうに思っています。

ウェルカム、孤独

まわりの友だちが次々に結婚して独身の友だちがいなくなり、ひとりの時間が寂《さび》しいんです、というあなた。

あらら、わかります、わかります、その気持ち。でも、夫も子どももいて、大きなしあわせを手に入れたように見えるそのお友だちにも、他人にはわからない不安があるかもしれないし、100点とは言えないかもしれません。それどころか、独身の人が羨《うらや》ましいと思っているかも。

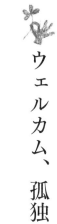

自分にないものを羨ましく思うのは自然なことで、何も変ではありません。独身の人は世界にいっぱいいて、みんなだいたい同じように考えているわけだから、月並みで平凡な悩みに縛られないようにしましょう。

『不思議の国のアリス』のアリスも、見事なくらい、いつもひとりぼっちです。矢川澄子《やがわすみこ》さんは『不思議の国のアリス』（新潮文庫）の解説の中で、「少くともわたしにとっての少女アリスとは、そのような孤独な存在の代名詞であり、またその孤独ゆえにこそ、性別を問わずおなじような痛みを裡《うち》に秘めた人びとの永遠の友人であってくれるであろうと、ひそかに信じつづけてもいるのです」とお書きです。

孤独を軽やかに受け入れながら、独身のおかげでこんなことができるわ、ということを楽しんでみては？

人ってどうしても自己愛が強いから、自己中心的になっちゃうの。「私のよさをわかってくれない」「私がこんな思いをしているのに」とかね。でも、「しあわせじゃない」と思っているのって、自分だけかもしれません。

みんな本当は自分がラッキーなんだって気づいてないだけ。今、こうして生きているだけでも、それは幸運の証《あかし》でしょ。それを当然だと思って慣れっこになってるかもしれない。だからグチャグチャ考えず、「私って本当は、しあわせ」と決めてしまうこと。そうやって自分で決めたら、誰も文句は言えません。そして、孤独を感じたら、「ウェルカム、孤独」って、おちゃめに思うことをおすすめします。

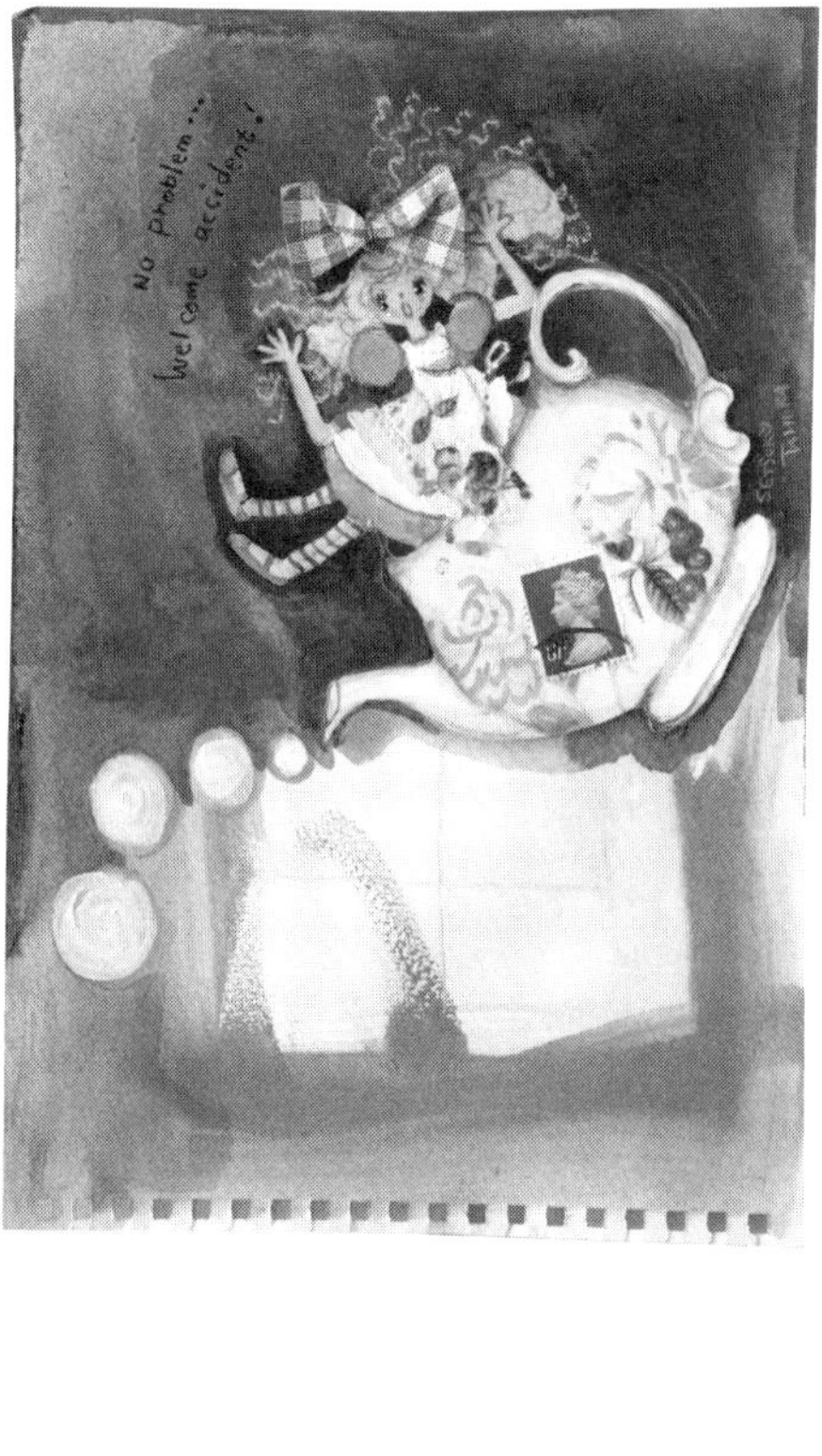

孤独を乗り越える方法

つらいことの代表は孤独感ですよね。どんなに工夫しても、寂しいってことからは逃《のが》れられません。けれどそれは、家族がいるとかいないとか、そういうことじゃないと思うんですね。

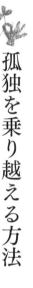

この世に生まれてきたら、すでにそのとき、広い世間に出てきたわけですね。だから、寂しいとか孤独感っていうのは当たり前だと思うんです。生きている証拠。

私が育った家庭は、シチュエーションとしては、父と母と4人の子どもたちからなる幸福な6人家族でした。にぎやかで、ワイワイ楽しい日々でしたが、それでも夜が明けるちょっと前に「何、これ?」っていう独特な寂しさを感じることがあって、「人間って何だろう?・」と思ったりしました。それは午前3時頃、夜明け前の白っぽい朝でした。だからどんな状況でも孤独はついてまわる、っていいうのは実感としてありましたね。

そういえば『エミリーの求めるもの』（L・M・モンゴメリ著　村岡花子訳　新潮文庫）のエミリーにも、孤独や絶望を感じる「明け方の3時」があったそうです。そのことを知ってから、「誰にでも午前3時はある」と思うようになりました。

逃げると孤独はついてくるって話がありますから、孤独とは仲良く寄り添っていたいと思います。孤独は自分を強くするギフト。苦いお薬のようなもの。孤独のブルーがあるから、しあわせの薔薇色《ばらいろ》に気づくことができるんだと思います。

私の宝もの

最近の私の宝ものは、古いフランス映画です。

20代の頃、仕事がなくて、街をふらふら散歩していたときに観た映画が上映されているというので、早速観にいきました。

「ミシェル・ルグランとヌーヴェルヴァーグの監督たち」という特集上映で、「女は女である」とか「5時から7時までのクレオ」を何十年ぶりかで観たんですが、懐《なつ》かしいというより、今観てもとっても新鮮！　そのことにビックリしました。

当時の監督たちは、今までにない新しい波を!!　と、どれだけ真剣に映画作りをしていたのかってことも改めてわかって、20代の頃と今と、映画が二度輝きました。こんなすてきな映画に出合えたことは、まさしく宝もの。

そして、この時代の映画は、まさにおちゃめ。物語をコラージュのようにつなげた、不思議なドキュメンタリーのような映画なんです。大人の映画なのに、ものすごく可愛くて、子どもが無邪気にスクラップブックを作っているような、そんな感じ。

このおちゃめな映画に、ちょっぴり哀愁《あいしゅう》を漂わせる上品で美しいミシェル・ルグランの音楽がすごくマッチしていて、映画館の暗やみの中、心の中で大拍手をしました。

どこかにいらっしゃる神さまに、愛を込めて

街角にジングルベルの音色が響き出すと、それは、お祈りの季節の到来です。この季節になると、「あぁ、きっとどこかに神さまはいらっしゃる。姿は見えないけれど、きっと、どこからか私たちを見守ってくださっている、ありがとうございます」、そんな思いがあふれてきます。

そんなとき私は、どこかで見守ってくださっている神さまに、愛を込めて感謝の気持ちを伝えます。

神さま
ありがとうございます!!
生きているこの瞬間に、あなたの愛を感じています。
どんなできごとの中にも、あなたがキラキラ輝く小さな宝ものを、

そっとしのばせてくださっていることに気づきました。

ありがとうございます。

うれしいとき、悲しいとき、つらいときに、こんなふうに感謝のお祈りをすると、心があたたかくなって、ニッコリすることを、みなさまにもお約束します！

憧《あこが》れの山《やま》ガール

『ナショナルジオグラフィック』から切り取った写真を部屋に飾って眺《なが》めています。元祖《がんそ》・山ガールといった感じの女の子が、山奥でシュラフ（寝袋とも言いますね）からからだを起こしてコーヒーを飲んでいる写真です。

その姿は、どんな宮殿に住んでいるお姫さまよりもすてきです。

実は私、冬用と夏用のシュラフを持っていまして、山奥にいるつもりで、それを使って自宅で寝ています（笑）。たまにベランダでも寝ます。星を眺めたいのですが、ビルや山手線の電車が四角い窓を見せて「これが街の星で〜す」と走っていきます。はいはい、了解で〜す。

暮らしを、おちゃめに、ほがらかに

私がまだ乙女であった頃、まだ自分の部屋がなかった頃のことです。縁側の隅のコーナーを山小屋のように飾ったり、それはそれはいろいろと工夫して、「山小屋に住む少女」の気分で暮らしていました。

あるときふと、窓があったらいいなぁ、と思ったところ、それはすぐに実現しました。額縁《がくぶち》が、どこにでも取り付けられる窓となって、私の夢をかなえてくれたのです。そして、額縁に押し花や手紙、思い出のチケットやひみつのレストランのマッチ、枯葉や森の植物などを飾り付けて、楽しんでいました。

ところで、山小屋で暮らす気分を盛り上げてくれるものといえば、シュラフです。本当に大好きなので、ずっと愛用しています。ものすごーく便利なんですもの。

シュラフに入って額縁を眺めると、山の気分だけじゃなく、海の気分でも、外国の気分でも味わえて、ものすごーく楽しいです。
お試しくださいね。日常生活が嘘《うそ》のようにおちゃめに、ほがらかになります。

メモはおいしい栄養

メモは本当に大好きです。

メモすることは自然に身についていますので、メモ類はいっぱいたまります。昔から、本を読んでいるときだけではなく、読んだり、テレビやラジオから流れてくるすてきな言葉やフレーズをキャッチすると、メモしないではいられないんですよね。おいしい栄養をパクパク食べるように、メモしています。

読者の方はよーくご存じかもしれませんが、学生用の単語カードに、いろいろな言葉を片っぱしから書くのも楽しみです。そして、電車の中でチラリと見たりするのです。

「人々の眠れるうちに、樹々はそよぎ花は咲き乱れる」

「どんな宝石を得るよりも、人間のからだという宝を得たことにまさることはない」

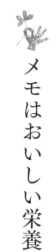

「絵が君に恋するように描きなさい」
「どんな経験もみんな私の宝ものです」etc.

本から、新聞から、雑誌から、ラジオから、テレビから、週刊誌から、人々の会話の中から。すてきな言葉のかけらは、毎日毎日降りそそいできます。そんな中から、心のアンテナにピ・ピ・ピと感じるもの。それらを受け止め、メモして、集めて、発酵させて……。それが私のエネルギー源になっているのかもしれません。

みんな先生、みんな親戚《しんせき》

メモが大好き、というのはあちこちでさんざん書いていますが、最近の発見は、お坊さんの法話《ほうわ》には、メモしたくなる言葉がいっぱいあるということ。

法事に参列する機会が多くて、そのときの法話の中に出てきた、「自分のまわりはみんな先生」とか「みんな親戚」という言葉がちょっと気に入りました。

「みんな先生」というのは、自分のまわりのどんな人でも、自分と違っていて、自分ができなかった体験とか経験をしている人ばっかりだから、その点では先生だっていうお話。本当にそうだな、と思います。

「みんな親戚」というのは、自分のお父さん、お母さんには、お父さんとお母さんがいて、その上にもお父さん、お母さんがいて、何万人もつなげていくと、全部親戚になるというお話。

なぁーるほど!! と思って、思わずメモしました。

絵日記のすすめ

私がメモとか、絵日記をつけるのが好きなのは、つらいことも何でも、そこにひとりごととして書き留めて、自分を取り戻すことができるから。そういうふうにして今まで生きてきました。

絵日記を書くことも、長年受け持っている教室でおすすめしています。絵に上《う》手《ま》い下手は関係なく、自己流でいいんです。人から褒められることなんて考えないで、自由に絵を描いて、絵の具をお水で溶くだけでも何ともいえないトキメキがあります。本当よ。まず自分を驚かせてあげて！

自由に描いて、そこに日にちを入れて、言葉を書いて。1日1回、ほんのわずかな時間でできますから、キッチンでもカフェでも、どこでもいいんです。言葉を書いて、日にちを入れたら、それが絵日記になります。

今日という日は、昨日でも明日でもないとても特別な日、そういうふうに考えて、そのかけがえのない日のことを毎日書いたら365ページになります。すると、世界に1冊しかないあなたの絵本ができるわけですよね。

人とわかり合うことができないことでも、自分でそこに書けば、そうそう、そうなのよ、なるほどね、って、思えるし、自分を励ますこともできる。文や絵を描くことは、不安や心配を吹き飛ばしてくれる魔法の杖。絵日記を通して、いくらでもしあわせをゲットすることができます。

続・絵日記のすすめ

池袋のコミュニティ・カレッジでは、「ようこそ！田村セツコのハッピー絵画くらぶへ」という講座をやらせていただいています。そこで私は、楽しい、しあわせのかけらを、忘れないうちに採集して絵日記に描きましょう、あとから見るとまた何倍も楽しい気分を味わえますよ、と(笑)、言ってるわけなの。

ところが、ここへきて、「絶望名人カフカ」とか「不機嫌作家の会見」とか、気になる存在の絵日記が。ムムム？「絶望日記」「不機嫌日記」。これもまた、いいですネ〜。

ハッピー一色じゃなく、たまには思い切りブルーな絵日記とかパープル気分の絵日記があってもすてき。それでこそ大人のバランスじゃないかしら？と次回のコミカレでは、またのどをからして、お話してみるつもりです。ふふ。

日記が励ましてくれる

絵日記に限らず、日記というのは、あとでパラパラッて読んだときに、そこに楽しいことが書かれていると、ポーッとうれしくなります。もう1回、あぁ、こんな楽しいことがあった、と思うと、二度うれしい。

つらいことも書きます。あとから見たら、あのときつらかったのにやりすごしてスルーできたのね、何てラッキーなの！　と思える。だからどっちも楽しい。日記は過去のものだっていう説もあるんですけど、ツールとして、バリバリの現役だと思います。

日記って、今の自分を励ましてくれるし、日々更新《こうしん》できるから、毎日新しく、毎日楽しい。そして、ひとりでできます。お金もかかりません。

落ち込んだりしたときは、最悪な気分だわ、って落ち込んだことを書けばいいんです。書いているうちにすっきりしてきますから。ああ、昨日はあんな気分だったのね。でも、今日は大丈夫、よかったたって。

研究家

池袋コミュニティ・カレッジの教室では、毎回、テーマをもとに絵日記を描いてもらうのですが、あるとき、「私は○○研究家です」の○○を描いてもらったことがあります。え～？　むずかし～、とか言いつつ、みなさん、どんどん描きます、描きます。

私は15分で作るお弁当研究家です。私はいろいろなおばあさん研究家。私は雲の人面研究家。私は渦巻き研究家。私は元気を招く眠り研究家。私は動物的人間研究家。私は地球の健康研究家。私は読書ｃａｆｅ研究家。私は役者の素顔研究家……etc.。どの人も本当にすごいんです。

「サンドウィッチマン＆芦田《あしだ》愛菜《まな》の博士ちゃん」っていうテレビ番組がありますよね。教室で授業をしてくれるのは「異常なまでの好奇心によって、大人顔負けの知識を身につけた子どもの〝博士ちゃん〟」たちです。野菜博士とか昭和博士とか、みんなものすごい知識でびっくりしちゃうんだけど、池袋コミカレの生徒さんたちもすごいの。

私は「はじっこ」研究家？　歩いていると、いつも目につく、はじっこ。舗道《ほどう》のすみっこの曲がったような狭いスペースに、煉瓦《れんが》やコンクリートが器用に、見事に、隙間なく収まっています。モザイクのように几帳面《きちょうめん》に仕上がっているその様子を見ると、その道路工事の見事な技に、「わぁ、よくできてますね。私は頼まれても絶対無理」と勝手に感心しているのです（笑）。

冬の赤

風花や小鳥は赤き実を咥《くは》へ　　パル子

ふふ、私の俳句です（笑）。本当に冬の赤色は、鮮やかな元気の色。南天《なんてん》の赤色が雪の下からのぞくと、パッとうれしくなりますね。

「考えごとをしていて、うまくいかないときに、くよくよしているのがいちばんよくない。だんだん自信を失っていく」

というのは外《と》山《やま》滋《しげ》比《ひ》古《こ》先生のお言葉ですが、仕事で行き詰まったり、どんよりした雲のような気分に包まれてしまったとき、「赤」がそばにあると、着物の差し色のように、気分が立ち上がり、ぽかぽか元気になるような気がします。

赤はやる気スイッチをオンにする色だそうです。くよくよ、うつむいてしまいそうなときは、スカーフでも、色鉛筆でも、口紅でも、お花でも、ちょっとした

「赤」を身近に置いてみましょう。「くよくよしている場合ではありません！」。

赤をまとった妖精《ようせい》が耳元でささやきます。

みんな主役

ドラマの主役が今日も街を歩いたり、話したり、笑ったり、涙ぐんだりしながら、その人の物語を生きているのですね。

作家でありエッセイストの上原隆《うえはらたかし》さんとお話ししたことがあるのですが、辛抱強い、傾聴《けいちょう》の方でしたので（笑）、あるときは先生の質問に答える生徒のよう、またあるときは神父さまに懺悔《ざんげ》する信者のよう、またまたあるときは、情報交換の親友のような気持ちでお話ししました。ありがとうございました！

上原さんはさまざまな人々を取材され、その人生の陰影《いんえい》をさっとすくいあげ、光を当てたすてきなエッセイをいっぱい書かれています。

上原隆さんの影響を受けて、まわりの人々を眺めては、あぁ、ドラマがいっぱい、主役がいっぱいと感じるようになりました。すると、街はイキイキとしたステージに、そこを歩いている人たちはみな、さまざまな物語の登場人物に見えてきました。

そんなある日、ある方と、原宿の路上で風のようにすれ違いました。ハトロン紙色のコートの方です。

「あのう、サインしてください」

「あ、はい」

赤い筆ペンで「フシギなひとに青山で」と書いてくださいました。その方はやはり、詩人の吉増剛造《よしますごうぞう》さんでした。

4 おちゃめ力的考え方

ものは考えよう。
すてきな気分転換の魔法、
教えます

負けても楽しそうな人にはずっと勝てない

頼まれもしないのに、新聞の人生相談をみては、やりかけの仕事を横において、せっせとアドバイスのハガキを書く人がいるらしいです。私もたまにその1人です（笑）。

本日は会社員の男性Aさんの相談、「上司気取りの元部下が昇進」したことに対する精神的苦痛について。この元部下は、Aさんにとっては嫌なタイプなんだけど有能らしく、Aさんは悔しくて、うつ病になってしまったのだそうです。

解答者の精神科のお医者さまは、「彼の出世と自分は関係ない、自分は自分の仕事を続けると割り切るのが基本」というアドバイスをしておられました。

読みながら私は、かつて電車の中で見たポスターのコピーを思い出しました。それは「負けても楽しそうな人にはずっと勝てない」という言葉です。それをさっそく、ハガキに。

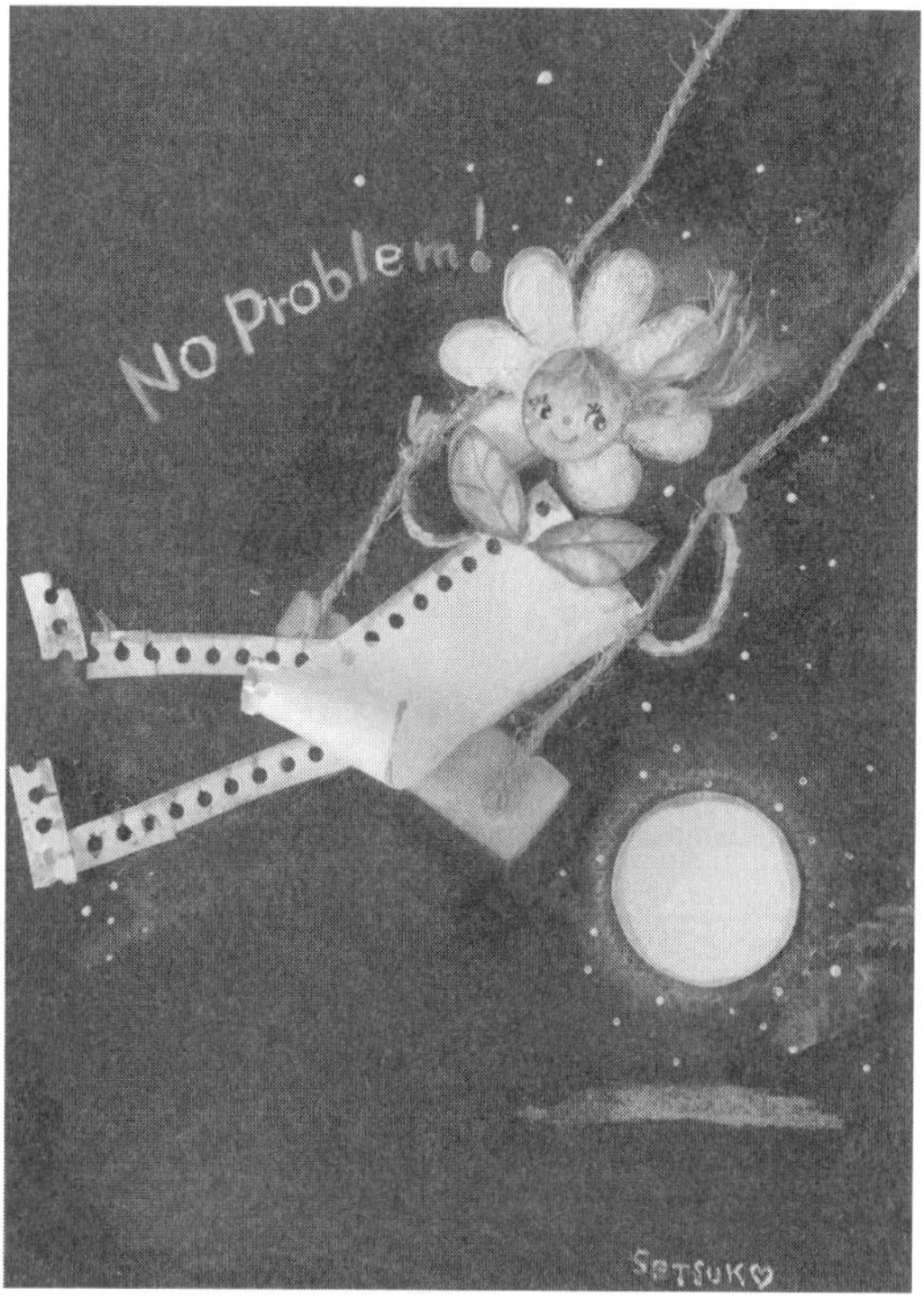
No Problem!
SETSUKO

思い出せない。それが何か？

ドイツの実験心理学者・エビングハウスは、人は記憶したことをどのくらいのスピードで忘れていくのかという実験を行い、その結果を「エビングハウスの忘却曲線」で示しています。

これによると、1時間後には56％を忘れ、24時間後には74％、そして、1か月後には79％忘れるそうです。どうやら人間の脳というのは、次から次へと忘れるようにできているらしいのです。ホッ。

もし、経験したことをすべて記憶したとしたら、あっという間に限界に達してしまうから、そうならないように、脳は入ってきた情報のほとんどを忘れるようにプログラムされているのだとか。何と心強い事実でしょう。

いろいろなことをなかなか思い出せないのは、脳さんが一生懸命お片付けをしてくれているからなのね。そう思って、胸をなでおろしているところです。

そういえば、尊敬する外山滋比古先生は、「頭をよく働かせるには、この〝忘れる〟ことが、きわめて大切である。頭を高能率の工場にするためにも、どうしてもたえず忘れて行く必要がある」と『思考の整理学』（ちくま文庫）の中でお書きです。

忘れることは、目のかたきにされがちですが、部屋のお片付けと一緒で、不要なものを整理して、新しい情報を取り入れるスペースが生まれるということでもあるようです。すぐ忘れてしまう。あれが思い出せない。そんなときは、頭の中が整理《せいり》整頓《せいとん》され、すっきり広々としているんだわ、とおちゃめに思うことにしました。

心配の種は？

心配ごとがあると、あぁ、これがなかったら、どんなに平穏《へいおん》かしら、って思いますよね。

でも、案外そうでもないということを発見しました。いろいろな心配の種がひとつずつ減ると、寂《さび》しくなるものだと痛感したのです。

心配の種があるって、案外すてきなことなのかもしれません。

"No rain, no rainbow."

これは最近知った言葉なのですが、ハワイの人々は、つらいことがあると、こう言うんですって。

雨が降らないと、虹も出ない。つまり、つらいことの後にはきっといいことがあるよ、という励ましの言葉のようです。

今、もし心配の種があったとしても、大丈夫。いっぱい、いっぱい心配して、その「種」に愛をたっぷり振りまいて、そこからきれいな虹のような幸運を育ててくださいね。

人生のピンチが訪れたときは

拙著『おちゃめな生活』（河出書房新社）の「はじめに」にも書いたのですが、つらいなぁ、悲しいなぁ、どうしたらいいかしら、そんな人生のピンチが訪れたときは、ひみつの引き出しの中から、自分が持っているお薬を処方《しょほう》してみましょう。

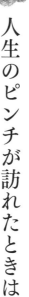

ほら、人間には免疫力《めんえきりょく》がありますよね。この自己防衛システムがあるから、病気や細菌から守られているそうですが、これと同じように、私たちの中には、つらいことや悲しいことがあっても、それを乗り越えていける力というものが、生まれつき蓄えられているんじゃないかと思うのです。

そのスイッチをオンにしてくれるのは、言葉だったり、本だったり、物語の主人公だったり、場所だったり、飲み物だったり、経験だったり、人だったりするのかもしれません。もしかすると、ほんのささやかなものかもしれません。他人にはぴんとこないものなのかもしれません。でも、それは、その人の「好きなもの」。

それを処方してみましょう。その効き目に驚くかもしれません。

自分の悩みや悲しみが小さくなる方法

宇宙から見れば、地球は小さな青い星ですよね。本当に小さな星なのに、ズームアップして見ると、悩んでいる人や悲しんでいる人、争っている人たちがいっぱいいます。

実は私もそのひとりです。

もし今、つらい、とか、悲しいという思いの中にいるとしたら、瞑想法《めいそうほう》にもあるように、背中に羽が生えている。あるいは、気球に乗っている、そんなイメージで、どんどん、高く高く空に上がってみましょう。すると、今、自分がいる場所がどんどん小さくなってゆきます。

そうしたら、さらに、もっともっと高く上がって、宇宙に飛び出してみましょう。するとどうでしょう!! 地球は小さな、小さな青い星です。

こうして俯瞰《ふかん》して見ると、自分の悩みや悲しみは、あぁ、小さい、小さい、って思えるような気がします。

ひみつの小部屋・ひみつのお薬箱

とにかく子どもの頃からスクラップブックが大好き。

今も、チョコレートやキャンディの包み紙、チケットの半券、押し花、包装紙のリボンなど、捨てられないものを、スケッチブックにペタペタ貼り付けています。

貼り付けたものは全部、私のお気に入りやハッピーのかけらたち。ですから、スクラップブックをパラリと開くと、まぁ、何ということでしょう！　そこから、私のひみつのハッピーがあらわれて、キラキラ輝きはじめるではありませんか！　たとえブルーな気分だったとしても、その気分はみるみる消えてしまいます。

私は、一冊の中に何でもペタペタ貼り付けていますが、几帳面な方は、これはお料理、これはファッション、これは健康、というふうに分けて作れば、あとで惚《ほ》れ惚《ぼ》れするほど役立ちます。

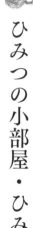

スクラップブックは、いつでもそこに入ってゆけるひみつの小部屋。そして、どんなに落ち込んでいるときでもハッピーにしてくれる、ひみつのお薬箱なのかもしれません。

心がぴかぴかになる

『母と子の読み聞かせえほん　女の子の心をはぐくむ名作』（ナツメ社こどもブックス）という本のお仕事をしました。

「ヘンゼルとグレーテル」「星の銀貨」「秘密の花園」「クリスマス・キャロル」「フランダースの犬」など、25のお話がつまっています。

「名作は、読めば読むほど心は磨かれてぴかぴかになり、言葉と行動のレパートリーが増えるのです」、という解説のお言葉があります。

昔読んだきりで忘れているところもあるので、またそっと、読み返してみます。心がぴかぴかになるのが楽しみです。言葉や行動のレパートリーが増えるのも楽しみです。

お友だちは多くても、少なくても

「孤独」に関する本にも書きましたが、みんな自分が孤独ではいけないと思っているみたいなんですね。でも、本当にそうでしょうか。

実は私自身は、お友だちってそんなに多くはありません。でも、どうやらまわりからは多いと思われているようなんです。お友だちがいっぱいいて、おしゃべりしたり、お茶を飲んだり、楽しくしていると思われているみたいなんですね。

私はプライベートなお友だちっていうのは、2、3人いればOKかな、と思っています。わざわざ待ち合わせたり、予定を組んで会ったりするお友だちじゃなくても、お友だち候補は街中にいっぱいあふれているんですもの。

たとえば、街を歩いていて、気になるお店があればそこに立ち寄って、「これ、すてきですね」って言うと、「でしょ、これからの季節にピッタリですよ」って会話が弾むし、行きつけのお店で「涼しくなりましたね～」「本当に、いい季節になりましたね」、そんなふうにさりげない会話を交わすのも楽しいし。

タクシーに乗ったら、運転手さんとのちょっとしたやりとりも、友人とのおしゃべりのようで、楽しいの。何しろお仕事柄世間をよく知っていらっしゃるので、とても勉強になります。

こんなふうに、街中には優秀なお友だちがあふれているわけなんです。

もちろん、家の中だって、書棚には親友と呼べる存在がいっぱいいて、私を励ましたり、勇気づけたりしてくれるわけ。

つまり、お友だちというのは多いほうがいい、ということはなくて、多くても、少なくても、そんなに気にすることはないんじゃないかっていうことなんです。

転地《てんち》療法？

忙しいときってどうして変なことをするのでしょう？　私は締切が重なると、靴に猫の目を描いたり、意味のわからないことをするクセがあります。実はこのあと、ベランダの赤い自転車を緑色に塗りかえるつもりです（笑）。

ところが、どうやらこれは、新しい頭でものを考えようとしているらしいことがわかりました！

こんなときというのは、それまでのことを一応棚上げして、新しい頭でものを考えようとしているということらしく、それは「転地」というものだと外山先生が書いておられました。

「机をはなれて、お茶を飲みに出てもいい。場所を変えると、気分も変わる。前に転地のことを書いたが、これも一時的な転地である」

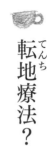

「ものを考える頭を育てようとするならば、忘れることも勉強のうちだ。忘れるには、異質なことを接近してするのが有効である。学校の時間割はそれをやっている」（『思考の整理学』ちくま文庫）

ふむふむ。私が意味のわからない行動をとったり、ついカフェに行ったりしてしまうことに、すばらしいお墨付きをもらったような気分です。

ところで、私は今、締切に追われていてすごく忙しいので、代わりにこの方（オバマ氏のポスター）に、靴に猫の目を描く方法を説明していただきますね。近くの中学校の階段のところで会いましたので（笑）。
「諸君、黒猫の目はアクリル絵の具を用いて、筆で、描きます。ひじょーに簡単です。はじめに黄色を塗り、乾いたら真ん中に黒か青の線を一本、サッと入れてできあがり。わかったら、*Yes We Can!*」

街中が私の書斎です！

カフェでものを書くというのは、最高に贅沢で、至福《しふく》の時間ですね。おいしいお茶とノートとペンがあれば、もう天国です。

サン＝テグジュペリやルイス・キャロルの「すべてはカフェの落書きからはじまった」というエピソードが私は大好き。彼らがカフェでさらさらっと手帖やポケットから出した紙きれに書いたことが、『星の王子さま』になったり、『不思議の国のアリス』になったりしたんですよね。ドキドキ。

私はカフェだけじゃなく、電車の中や公園のベンチで書くのも好きです。

とにかく、ノートとペンさえ持ち歩いていれば、カフェだって、電車の中だって、街中だって、海だって、山だって、「私の書斎」になっちゃいます。

それだけじゃなく、ノートとペンを持ち歩くということは、アンテナを持ち歩くってことだって気づいたんです。このアンテナは、ピピッといろいろなものをキャッチするらしく、ワクワクするものやときめくもの、新しい発見を呼び寄せてくれるんです。そして、今まで見えなかった新しい景色を見せてくれます。

お家は巨大なノートです！

街中が書斎《しょさい》なら、家は巨大なノートかも。

私の部屋は、ドアや収納の扉、壁、カーテン、椅子に至るまで、言葉やイラスト、メモや切り抜きにあふれています。考えてみたら、部屋の中がスクラップブックの中と同じ状態なんですね。

たとえば、収納扉には、「Kyo wa Ashita no Mae no Hi」（白洲正子）っていう座《ざ》右《ゆう》の銘《めい》を書いているし、カーテンには、大好きなワーズワースの詩「草原の輝き」を、椅子にはサン＝テグジュペリの奥さんであるコンスエロをイメージした赤い薔薇のイラストを描いています。ドアや冷蔵庫には大事なメモをペタペタ貼り付けて。だから、おはよう！　と起きた瞬間から、ただいま〜！　と帰宅した瞬間から、大好きなノートやスクラップブックの世界に入り込んでいけるわけ。

ノートの中で暮らすアリスのよう？

I
Wonderful
World
SETSUKO
TAMURA

おちゃめな部屋

本音を言えば、きれいさっぱりとした部屋に憧《あこが》れているんですが、必要に迫られてといいますか、空き箱など、捨てられないものがどんどん山のようにたまってしまうんですね。

たとえば空き箱は、まわりにいろいろ貼ったりしてコラージュをすると、宝ものを入れる箱に変身。また、空き箱をステージのように飾り付けると、立体作品になるんです。こちらは個展の飾り付けなんかによく使います。作品になるまではゴミとそっくりなので、そこを見間違えないでほしいと思います。

断捨離《だんしゃり》宣言をして、ゴミ袋をいくつもパーッと出したらさっぱりしたっていうお友だちもいて、そういう気持ちはよくわかります。ですが、捨てるのはいつでもできるというふうに自分を慰《なぐさ》めて、今のところは捨てないようにしています。これ以上、拾わないように気をつけようとは思っていますけど（笑）。

住んでいるマンションに、ゴミを収集するサービスルームがあって、そこにゴミを持っていけるので、捨てようと一大決心をして捨てにいくと、また別のものをいただいて帰ったりして、なかなか部屋はにぎやかです。

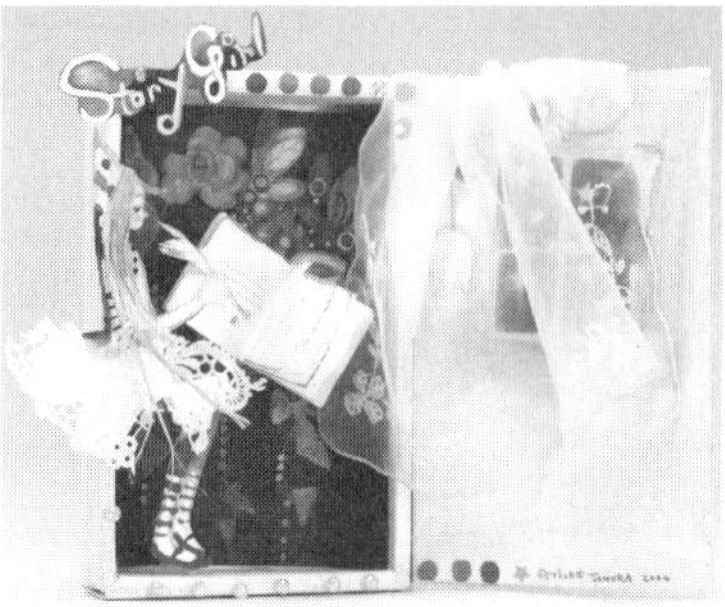

なぞなぞ

いつだったか、コシノジュンコ先生のお部屋をテレビで拝見して、その整理整頓された見事な美しさに衝撃を受けました。それ以来、本格的な自己嫌悪に陥《おちい》り、ゴミ箱のような自分の部屋を眺《なが》めて、絶望感にさいなまれました。

どうして片付けられないのか？　そうだ、お医者さまに相談してみよう。涙に曇る私の目に、ビンや野菜やフライパンやカップたちが口々に叫びました。

「お願い！　私たちを片付けないで！　私たちも一緒にお仕事に参加したいの。顔を見てスタッフとして覚えてほしい！」

うわあ、そうだったの？　なんか、それってうれしい。片付かない謎《なぞ》がとけた朝です。ふふ。

5

美と健康を手に入れるためのおちゃめ力

おちゃめ力で、
健康に、ハッピーに

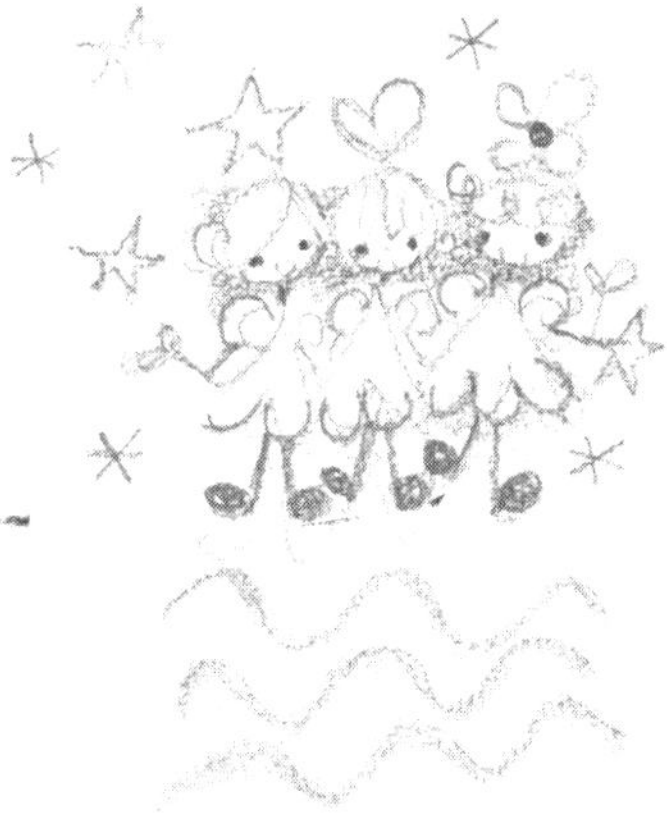

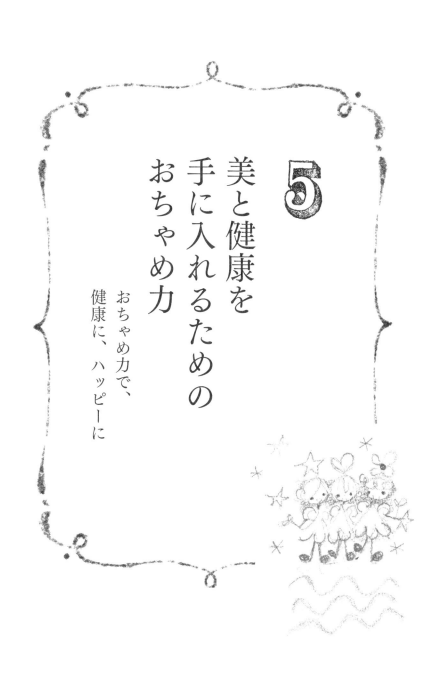

新しい心が新しいからだをつくる

「新しい」とか「NEW」って文字を見ただけで、胸がワクワク、ドキドキ、ときめきます。頭の中に、フレッシュな風がピューッと吹いてくる感じ。

でも、新しいことにはなかなか出合えない、と思っている人は多い模様。だとしたら、知らないことはすべて新しいこと、そんなふうに考えてみたらどうかしら。

自分自身のことだって、実は知らないことだらけ。親しい家族や友だちだってそう。新しいことに出合えたらすてきだけど、今あることの中に新しい光を見つけられたらとてもワクワクするし、家族や友人の中に新しい魅力を発見できたら、それもまたすてきです！

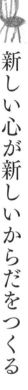

気分を一瞬で変える魔法

フランス映画「女は女である」は、ジャン＝リュック・ゴダール監督のラブ・コメディ。この映画の中でアンナ・カリーナ演じるキャバレーの踊り子・アンジェラは、カメラにウィンクしたり、日常ですごくお目々をパチパチする癖《くせ》があります。そして、それを合図に、一瞬で気分を切り替えるのが面白いです。そのことが、目と頭のストレッチになっている感じ。

そういえばここだけのひみつですが、役者さんや女優さんも、こっそりお目々パチパチ運動をやっている姿をお見かけします。

お目々パチパチパチは、気分を一瞬で変える魔法なのかも。

細胞さん、お願い！

作家の清川妙《きよかわたえ》さんのエッセイを読んでいたら「細胞さん、お願い！」というタイトルが。

のどに少しタンがからんでいることが心配になった清川妙さんが、友人の医学博士のMさんにそのことを伝えたときのこと。

「あなた、タンっていうのはね、白血球がウィルスと戦って、死んだ姿なのよ。おかげで病気は食いとめられるのよ。（中略）だから、道路にタンなんか吐き捨てる人を見ると、腹が立ってしかたないわ。細胞さん、あなたは、このご主人を救うために、いじらしくも討ち死にしてくださいました、って、きれいな紙に包んで、火葬して、お経でもあげたいくらいなのに」

Mさんは、こんなふうに言ったのだそうです。さらには、

「生きるってこと、ほんとうに神秘的なんですもの。たとえば、あしたの朝、ど

うしても五時に起きなきゃならないとするでしょう。そんなときは、目覚ましをかけなくても、私、全身の細胞に、細胞さん、どうぞよろしくお願いします、と頼んでおくの。すると、細胞はちゃんと覚えていて、目を覚まさせてくれるわよ」

と。

この「細胞さん、お願い！」というのは、魔法の呪文だと思いました。『おちゃめな生活』にも書いたのですが、思ったことや考えたことは、意識した瞬間に、光の速さでからだのすみずみにまで瞬時に伝わり、それは、私たちを取り巻くオーラの領域にまで巡ってゆくそうです。だとしたら、60兆個あると言われるからだの細胞に「ありがとう」と感謝し、「細胞さん、お願い！　よろしくネ」とお願いしてあとはおまかせ、それくらいおちゃめに大らかでいたほうがご機嫌うるわしくいられるような気がします。

保《ほ》冷《れい》剤《ざい》

蒸し暑さが非常に苦手な私は、夏になると、ひそかに小さな保冷剤を手に持って出かけることにしています。ところが、な、な、何と！　第18回アジア競技大会（2018／ジャカルタ・パレンバン）のマラソンで金メダルを獲得した井上《いのうえ》大仁《ひろと》選手が、自らの発案で、保冷剤で手のひらを冷やしながら走っていたことがわかりました。

手のひらには血流が多く、ラジエーターの働きがあるのだとか。きゃ、そうだったのですね！　「何て偉いんでしょう、保冷剤！」と思わず叫びました（笑）。

処方箋《しょほうせん》

しょっちゅう耳に飛び込んでくる「最近、どんなことをやっているの？」という友人からの質問を翻訳《ほんやく》しますと、「最近、どんな健康法をやっているの？」ということになります。

私のお気に入りの健康法というのは日々更新中で、今も一生懸命考案しているところ。なので、これから徐々に増える予定です（笑）。

たとえばそのひとつ。「個展の準備や締切に追われて、過密な予定が押し寄せてきたときは、仁丹《じんたん》の香りをクンクンするとよい」。これは私のオリジナルの処方箋なのですが、今朝はそれを思い出し、仁丹を激しくクンクンしました。

よく見るとこの仁丹、ビンのシンプルなデザインといい、緑色と銀色の粒々の配色のすばらしさといい、何てすてきなの、と改めて気づいてうっとり。どうやら心にも効くようです。

春の気付け薬

久しぶりに実家の庭を見ると、蕗《ふき》のとうが、わんさか生えていました。苦い、渋い、辛《から》い、が大好きな私。いっぱい採って、ちょっと湯がいてから、みりんとお醤油で煮て、タカノツメやおかかやクルミも混ぜて、でたらめおかずを作りました。

春の私の気付け薬です（笑）。蕗は葉っぱもおいしいですね。こちらは蒸し暑い季節用。お酒にも合いますよ。

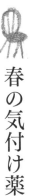

薬草・どくだみローション

久しぶりに帰ると、実家の庭に、一面のどくだみ! きゃ、うれしいです。干してお茶にしたり、お酒につけてグリセリンを混ぜ、化粧水を作るつもりです。速効性があるのは、生の葉っぱを靴に敷くという処方。こうすると、いくら歩いても疲れないという説があります。試してみると、坂道を登ってもスイスイです。この説は誰が言ったかというと、実はこの私なので、よろしくね(笑)。効果に個人差があるのはやむをえません。ふふ。

近所のおばさまに教えていただいたのは、焼酎《しょうちゅう》３６０mlに乾燥どくだみ10gをつけ、１か月たったらグリセリン20mlを混ぜるというもの。その人は80歳近いのにお肌がつるぴかなの。そして、どくだみ化粧水だけよ、とのことです。私も作りますけど、念のために、もっと詳しい人に聞いてみてくださいネ。

スースークリーム

手抜きラジオ体操をかる〜く済ませ、お次はスースーミックスクリームを密造。メンソレータムなどいろいろなスースー系のクリームに、やさしいニベアなどをトロリと混ぜて作ります。

このスースークリームを、おでこや手足、その他、眠そうな筋肉に塗ってから体操をすると、新しい朝、希望の朝が、爽《さわ》やかに訪れます（笑）。

今のところ気に入っている使い方は、時間がないとき、鼻の穴にチョッピリ塗るのです。そうしたらまぁ、顔全体が運動会のようなさわぎ。目も耳もパッチリ、パチパチ覚醒《かくせい》いたします。時間とクリームも節約できて、新しい朝、希望の朝が駆け足でやってきます。

お茶の葉も捨てません

緑茶を淹《い》れたあと、そのお茶の葉も捨てないで、スプーンでモグモグします。ちょっぴり渋みがあり、食物繊維もたっぷりで、けっこうおいしいですよ（笑）。

先日、お茶の葉を捨てないでモグモグ食べますとお話ししたら、「そんなの、あったりきしゃりき」と言う人が現れました。

「そのお茶の葉をカラカラに干して、おかかや白胡麻《しろごま》をまぜて、おいしいふりかけに」。さらには、「キュッと絞って、畳の部屋のお掃除に。埃《ほこり》がたたず、殺菌にもグッド！」などなど。は～い、やってみます。

ビニールの風呂敷

その昔（笑）、家庭科の先生が、一枚のレエス模様の透明な布をかざして、「これはビニールといって、お水を通しません。雨に濡《ぬ》れても中味は大丈夫なのですよ」とニッコリ。やわらかくて、美しいビニール。お水に濡れないなんて、何てすてきなの！　薄いレエス模様が夢のよう、とうっとりしたものです。

そのときの感動が忘れられず、今もビニールの傘やゴミ袋を使うとき、「丈夫でラブリーな働きもの♪　エラーイ！」と、つい、褒《ほ》めてしまいます。

コンビニの袋を大切にとっておいて、お台所がかさばっているおばあさんがいらっしゃいます。それは私かも（笑）。

家庭科のわたなべ先生。あの日のあなたは、不思議な布を広げるすてきな魔法使いでした。

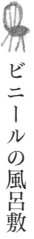

世界にひとつだけの傘《かさ》

私は、傘の布をリメイクしてスカートにしたりと、傘の再生に余念がないのですが、世界にひとつだけの傘の作り方をご紹介します。

それは、ビニール傘の内側に、アクリル絵の具で絵を描くのです。絵だけじゃなくて、お気に入りの言葉をひとこと書くのもおすすめ。Smileとか、自分だけにわかる謎《なぞ》の言葉（笑）を書くと、雨の日がますますハッピーになりますョ。どこにも売ってない、世界一おしゃれな傘のできあがりです。

「スーパーカリフラジリスティックエクスピアリドーシャス！」という28pでご紹介したメリー・ポピンズの魔法の言葉を書いて、魔法の傘にするのも楽しいかも。

ビニール傘の中からみると、風景がオパール色に輝き、冷たい雨もキラキラの水晶みたい。そして、雨のしずくがまた、ファンタジーワールドを描いて、うっとりすること請け合いです。

ビニール傘の温室？

私は、透き通っていて何てきれいなのかしら、ってときめくのですが、このビニール傘、必要じゃなくなったら、あっさり捨ててしまう人が多いみたい。とても残念なことだと思います。原宿の街を歩いていても、ビニール傘が平気で捨ててあるのね。

昔、山歩きのときにビニール傘を拾ったことがあります。それを拾って、山歩きの途中で摘んだ草花入れにしたのですが、上向きにパーッと開いた透明なボールのような傘が、移動式温室みたいですごくきれいでした。小さな「すみれ」の紫がオパールのような傘の中で枯れずに咲いていたことを、今でもときどき思い出します。

透き通った食べもの

ビニール傘に限らず、私は透き通ったものがすごく好きなんですね。食べものもそう。

昔、ポプリ研究家でエッセイストの熊井《くまい》明子《あきこ》さんのお嬢さまにはじめてお目にかかったとき、「どんな食べものが好きですか?」って訊かれて、「いっぱいあるけど、だいたい透き通ったものが好きよ」って答えたらしいのね(笑)。ゼリーとか寒天《かんてん》って、宝石みたいじゃない?

透き通ったものにはずっと憧《あこが》れています。空気や風や太陽や月の光なんかも、パクパク食べたら、透き通ったエネルギーのような、魂の食べものになるんじゃないかしら。

宮沢賢治《みやざわけんじ》の『注文の多い料理店』の「序」にある「あなたのすきとおったほんとうのたべもの」というのは、そんな透き通ったエネルギーのようで、読みながらパクパクいただくことにしています。

「わたしたちは、氷砂糖をほしいくらいもたないでも、きれいにすきとおった風をたべ、桃《もも》いろのうつくしい朝の日光をのむことができます。

またわたくしは、はたけや森の中で、ひどいぼろぼろのきものが、いちばんすばらしいびろうどや羅紗《らしゃ》や、宝石いりのきものに、かわっているのをたびたび見ました。

わたくしは、そういうきれいなたべものやきものをすきです。

これらのわたくしのおはなしは、みんな林や野はらや鉄道線路やらで、虹《にじ》や月あかりからもらってきたのです。

ほんとうに、かしわばやしの青い夕方を、ひとりで通りかかったり、十一月の山の風のなかに、ふるえながら立ったりしますと、もうどうしてもこんな気がしてしかたないのです。ほんとうにもう、どうしてもこんなことがあるようでしかたないということを、わたくしはそのとおり書いたまでです。

ですから、これらのなかには、あなたのためになるところもあるでしょうし、ただそれっきりのところもあるでしょうが、わたくしには、そのみわけがよくつきません。なんのことだか、わけのわからないところもあるでしょうが、そんなところは、わたくしにもまた、わけがわからないのです。

けれども、わたくしは、これらのちいさなものがたりの幾《いく》きれかが、おしまい、あなたのすきとおったほんとうのたべものになることを、どんなにねがうかわかりません。

大正十二年十二月二十日

宮沢賢治」

（『注文の多い料理店』新潮文庫より）

お洒落のひみつ

似合う服がわからず、ついつい無難《ぶなん》な服ばかり選んでしまうんですが、どうすれば？　という質問に対する私の考えです。

無難な服、地味な服を選んでいるということは、人目にふれるときは、そういう服装のほうが落ち着くからだと思うんですね。でも、それでは物足りないのであれば、プライベートやお家では、思いっきりカラフルでおちゃめな服を楽しんで、地味と派手を両方を味わってみたらどうかしら。

派手な恰好《かっこう》で外に出ると人にどう思われるだろう、ということを気にしていらっしゃるのかしら、と思うんですけど、襟元《えりもと》のスカーフやバッグにちょっとひと味、遊びを取り入れてみるのもおすすめ。

欧米の女性って、まるで魔法のようにスカーフを使うでしょう。はじめてヨーロッパに行ったとき、全体はモノトーンなんだけど、襟元にはスカーフでローズピンクを入れている、すごくすてきなおばあさんがいました。

それから、ネイルとか口紅というのは、本当に不思議な魔法のツール。ネイルひとつでも見る人はハッとするし、口紅の色をちょっと変えるだけで気持ちも変わります。こんなふうに小さな冒険を取り入れるだけで、自分の気持ちが華やぐし、新しい自分にも出会えるんじゃないかしら、って思います。

ダイエットも、おちゃめに、お気楽に

ダイエットするには、おうちジムを活用しましょう。

私は、部屋の片付けや荷物の整理、食事の支度をすべて、トレーニングだと思うことにしています。そうすると、日常の家事をさほど苦痛に感じることもなく、スーイスーイと、軽やかに動けるようになります。『トム・ソーヤーの冒険』のトムのペンキ塗りのエピソードみたいに、楽しそうに、軽々とこなすのがコツかもしれません。

それから食事ですが、量を少なくしてお腹がすいちゃうのはかわいそうだから、メニューを工夫したらどうかしら。野菜を欠かさず、偏食しないでたくさんの種類を少しずつ。

私の場合、ワンプレート。１枚のお皿に、ホテルのバイキングみたいにちょっとずついろいろのせて、おままごとのようにパクパク。

あとは自分を甘やかさないことかしら。お酒やケーキも、たまにならOK。だけど、それが毎日にならないように。好きなものを食べることが自分に対する「ごほうび」って思いがちだけど、本当は、ちょっぴり自分に厳しくすることが自分を大切にすることにつながるような気がします。

「痩《や》せたい」と思うこと自体がストレスになっている場合もあるから、精神衛生上、ストレスをためないこと。おちゃめに、お気楽にネ。

6 おちゃめ力のかけらたち

おちゃめのかけら日記

＊家庭教師さま

私はまじめな家庭教師に恵まれて、とてもしあわせ。朝と夕方2回もきていただき、社会学を教えてくださるの。雨の日はビニールのレインコートがお似合い。無口なタイプで、勉強も強要しないけど、やる気があればすごく、ためになることは明らか。お逢いするとうれしくて、思わずハグしてしまう。帰るときは猫のトイレまで、面倒みてくださるの。ありがとうございます！

尊敬する新聞先生へ。

＊スマイル

悲しいことがあって、しばらくご無沙汰してしまいました。そんなとき、手芸と畑仕事をやっているお友だちから、かわいいパンプキンちゃんが届きました。思わずつられて♪ Smile! 「ただ、ほほえむこと！そうすればいつか、雲の隙間《すきま》から陽光があなたに届くでしょう〜♡」チャップリンのメッセージを思い出しました。しばらく飾ってから、おいしいお料理を考えましょう。

＊アン

高柳佐知子《たかやなぎさちこ》さんの銀座の個展にお邪魔しました。

お話ししていて、とくに話が弾んだのは、モンゴメリの自然描写のすばらしさについて。

プリンスエドワード島は美しいけれど、そこだけではなく、その気になれば、名もないところにもすばらしい自然はあるということ。風や木や月や星のまたたきは、どこにもちりばめられているということ。ただし、その気にさえなれば ね。モンゴメリはそこを知らせてくれるのよね〜。

本当にそう。銀座の夕暮れにも、風のおばさんが通りすぎました。

＊好きな言葉は、そよ風

大好きな代官山 蔦屋《つたや》書店の空間で、すてきな本たちに囲まれての楽しいトークショーがありました。

本にサインするとき、「今、好きな言葉は？」、そっとそう聞いてくださった方がいらっしゃいました。

「えーと、えーと……「そよ風」かしら？」

そよ風ってすてきな日本語ですね。名詞と動詞がｍｉｘしてるみたいです。

＊お仕事

飛行機の操縦士さんは、毎日上空で、雲ばかり見てらっしゃるんですよね～。

星の王子さまのように、鈴をふるような可愛いらしい笑い声が、かすかに聞こえたりするのでしょうか……。

＊誰もいない海

ちょっとごぶさたしてしまった郊外の家へ。

庭は緑の海。どくだみの花、蕗《ふき》の葉が思い切り波のようにざわめいて、バナナの葉は大きな帆のように揺れています。何の手入れもしていないのに「お元気でびっくり！」と拍手。雑草もみんな、それぞれに個性を発揮して笑顔を見せるので、とても抜く気になれません（笑）。

中でも、ちょっとばかり元気よすぎる感じの、どくだみの波。サラダにまぜるか、干してお茶に、お風呂に？　ワクワクしています。薬草って少女時代からの憧《あこが》れです。

＊風流なアロマ

夏の陽射《ひざ》しがやってきました。早速、頭がぼーっとしがちな私。そんなときピカッとひらめいたのは、何と！　すばらしいアロマセラピー、七味唐辛子です。この香りこそが私を救ってくれる！　山椒《さんしょう》や蜜柑《みかん》の皮（＝陳皮《ちんぴ》）の爽《さわ》やかで崇高《すうこう》な香り。大好きな仁丹《じんたん》のスースーとともに、ポシェットに忍ばせて出かけることにしました（嬉）。

＊お花見

桜の花は、離れてみるとふわっとあたたかく、近づいてみると凛《りん》と美しく。花びらはとても冷たくて、子どもの頃から、不思議な花だなぁ、と思っていました。

そしてお花見はいつも楽しくなくて、下を向いて、なるべく別なことを考えることにしていました……。

＊カフェにて

「ブルマン2つね」

おしゃれなベレー帽の老婦人ふたりが、珈琲《コーヒー》を注文。

「壁塗りのことだけど」「はいはい」。お部屋のリフォーム？　「だから、はじめに乳液を塗るでしょ、それからファンデーションをうすくのばすわけ。で、その上から粉をはたくのよ」「あらそう〜、ありがとう」。どうやらお顔の壁塗りみたい。お耳が遠いのか大声なので、内緒話じゃなくなっていますおふたりは、梅干しのようなラブリーな笑顔で密談を続けています。

＊コーヒー乱歩

猛暑の千駄木《せんだぎ》の道をボーッと歩いていたら、古めかしいカフェ「コーヒー乱歩」を発見。ふら〜っと乱れた足どりで入り、ほろ苦い珈琲に生き返りました。なんか大人っていいなと思いました……（？）。

＊旅するノート

ノートブックが大好物の私に、ロンドン土産が！　絵筆が並ぶカバーのずっしりと重たい、大きなノートです。こんなノートを作る人がイギリスにいて、それを買った日本の乙女がいて、それを受けとる私がいること。すごいページ数を前に「人生に送るラブレターをいっぱい描きましょう」と心に誓いました。

＊手の表情

締切ぎりぎりの中、こっそり、忍び足で落語の会へ。『サライ』（小学館）主催の「人形町らくだ亭」です。古典落語の名人のみなさまの、生き生きとした話芸としぐさに、笑いつつしびれる、贅沢なひとときでした。

いつも感動するのは、お話する方々の「手」の表情のすばらしさです。どういうお手入れと動作の修業をしてらっしゃるのでしょうか。与太郎《よたろう》や花魁《おいらん》など、どんな人物でもお手のもので演じ分けられる、大活躍の「手」です。毎回、お顔より、手に見とれてしまいます。

＊「女は女である」

『朝日新聞』の夕刊に、好きな映画のことを書きました。ヌーヴェルヴァーグのジャン＝リュック・ゴダール監督のとっても楽しいフランス映画です。困ったときも、ノンシャランに、おちゃめに乗り越えていくヒロイン。カメラに向かってウィンクしながら、ふふ、女の子はそんなのお得意でしょ、みたいな。

＊本というのは

「本というのは、最高に面白い人と変な人が、自分のために話しかけてくれるメディアで、とても安い趣味だと思います」という、作家の石田衣良《いしだいら》さんのお言葉を思い出しました。

＊クーラー

原宿の街も、蒸し暑いです。しかし、表参道の欅並木《けやきなみき》の下を歩くと、スーッと涼しくて。

あ、そういえば、毎年、その涼しさに思わず並木を見上げて、「天然クーラーすてき！」とささやいてましたっけ。

＊野生の風

蒸し暑い、東京の熱帯夜、美炎《みほ》さんのコンサートに行きました。馬頭琴《ばとうきん》ののびやかな美しい音楽に、身も心も、いつしか銀河の遥かな旅へ。バイオリンともチェロともちがう、野生の薫《かお》りが胸に広がりました。

モンゴルに20回以上も行き、馬で何千キロも走る乙女でもある美炎さんは、まさに爽やかな炎のような人。

＊すてきなフルーツ

枯葉が落ちれば、土が肥える。土が肥えれば、果実が実る。この言葉が、繰り返し、あるご夫婦の日常のリズムを伝えます。小まめに働き続ける手指から、たくさんの果物や野菜が生まれます。90歳と87歳のカップル。

「人生フルーツ」という映画を観ました。果物を「フルーツ」とカタカナにしたのは、おふたりが知的でハイカラで、あまりにチャーミングだからなのでしょうか。

＊羊歯《しだ》

羊歯の葉って、子どもの頃はちょっとだけブキミで、あまり好きではありませんでした。けれど、『赤毛のアン』の中では、羊歯の茂みとか森の描写が、うっとりと繰り返され、いつの間にか大好きになってしまいました。『赤毛のアン』の魅力の半分は、自然描写ですね〜♪

＊あざみの歌

霧《きり》ヶ峰《みね》高原の山小屋「クヌルプヒュッテ」に行き、近くの湿原《しつげん》を散歩。そこで「あざみの歌」の石碑を発見しました。

「山には山の愁《うれ》いあり　海には海の悲しみや〜」。昔ラジオからよく流れていた曲です。気づくと、知らないおばさまと3人、手を広げ「ましてこころの花ぞのに咲きしあざみの　花ならば〜♪」と熱唱する私がいたのです。

3人で、この歌がいかにすばらしいか、あざみの花をモデルにこんな美しい歌を作る、作詞作曲の先生方（横井弘・作詞／八洲秀章・作曲）を絶賛してお別れしたのでした。

＊風を食べにいく

インドでは、お散歩に行くことを「風を食べにいく」と言うそうです。ふふ、ちょっと風を食べにきました。ただし、インドではなく、実家の庭に（笑）。

＊飛行機

ロンドンから帰る飛行機の中で、お隣席だった、旅行好きなおばさま。アイルランドのすてきなカードをいただきました。ありがとうございました。

カードのまん中にクローバーの押し葉があり、そこにはこんなメッセージが描かれていました。

“May your pockets be heavy and your heart be light. May good luck pursue you each morning and night.”

手帳のページからパラリと現れた思い出のかけら。お互い、名乗りもせずに握手してお別れしましたけど、幸せをお祈りいたします。

＊カフェにて

隣に、痩《や》せた上品なおじいさまがゆっくく

りと座りました。

しばらくすると、何と！ 絞り出すようなうめき声が聞こえるではありませんか。店員さんはとても忙しそうだし、それでは私が？ と、はらはらしながら横目で観察すると、その方はテーブルの下に謡曲の教本を開いていらっしゃいました。

お稽古中とわかり、心の底からほっとして、とてもうれしかったのでした（笑）。

＊ゴダールの映画

立て続けにゴダールの映画を観ました。「女は女である」「気狂いピエロ」「勝手にしやがれ」など、若いときにも観ましたが、そのときは、お洒落な表現法に感動。そして今は、さまよえる青春の、純粋な魂に心打たれました。そして、若い人に今も人気があるみたいで、それも心強かったです。

＊魔法使い

魔法使いのお爺さん現る。92歳のシャルル・アズナブール!! 雨の夜、どうしようか迷ったのですがいってみて、もうビックリです。あの懐かしい、情熱と哀愁の歌声は健在でした。

隣のご婦人が「実は口パクの噂が……」と耳もとでささやきました。あら、ほんと？ オペラグラスでするどくチェックしましたら、ちゃんと歌ってらっしゃいました（嬉）。背筋もシャンとしていて、軽やかなステップも。

その独特のアラブの風のような歌声は、誰にも真似できません。小柄な、ひとりの白髪の青年のような魔法使いに、満席の観客は総立ち。そして、NHKホールが揺れるような拍手。

ところがパンフレットは売り切れ。がっかりしていたら肩をたたかれました。宇野《うの》亞喜良《あきら》先生でした。

＊GW

あらゆる誘惑をはねのけて、仕事部屋を片付ける大決心のGWでしたが、あとからあとから忘れていた本や落書きノートたちが現れ、「わあ、しばらく！　ごぶさたしてま〜す」と明るくあいさつ。「どうも」と気まずく目をそらすと、「あの……まさか捨てようと思ってないですよね」とスルドク迫られ「ま、ま、まさか捨てるわけないじゃない」と答えてしまいました。そうですよね。捨てないで、整えることですよね。ハイわかりました（汗）。

＊こら！

ある会社で、咳《せき》をした女子社員に、同僚の女性が「あ、うつさないで」と思わず言ったら、上司がぱっと立ち上がり、「何だそれは？　なぜ、まず大丈夫？　と言えないのか！　バカモノ」とおっしゃったそうです。パチパチパチパチ（拍手）。今どきこんなカッコいい上司って珍しいですよね。その会社は、思いやりと、優しさがテーマなんですもの。ふふ。私も「うつさないで」と言わないように気をつけま～す（笑）。

＊わわわ

よい香りの洗濯もの？　いえいえ、りんごの輪切りです。かわいたら、おやつに。

＊基本

お医者さまはおじいさん。とにかく「うがい。手洗い。歯磨き」が大切とおっしゃっています。普段手抜きなので、あわてて小学生になったつもりでがんばったら、「経過良好」となりました。
なかには、お医者さまに会っただけで安心して、治る人もいるのでしょうね。

＊びっくり

干物？　乾物？　何でも、干したものが好きな私。りんごの輪切りを干したら、生のときの100倍甘くなりました〜。疎開《そかい》中に、渋柿《しぶがき》の皮の干したものを食べたときも、甘くておいしかったことを覚えています。

＊ほら

みてみて満月よ！　ほら、あそこ！　と、私が指さす彼方《かなた》を見ないで、私の顔を見つめる原宿の若者たちの不思議顔!!　見る方向がちがうんですけど。たまには天空を見てね。見ればあります。見なければありません。すてきなすてきなお月さま。

＊ギフト

ある孤独な老婦人が、渋谷の繁華街を歩いていますと、カーネーションが路上に……。あら、すてきなピンク。早速拾い、しばらく歩くと、今度は白い薔薇《ばら》が。あら〜、ついてるわ。彼女はうれしそうに花を抱え、何かのフタも拾いました。きれいなピンク！　多分、前夜のどんちゃん騒ぎの名残りでしょうか。「うつむいて歩くのも悪くないものネ、ふふ……」と、ひとりごとが聞こえました（笑）。

＊鬼ゆずとむかご

近所のおしゃれなカフェに鬼ゆずとむかごが並び、ワクワク。

「どうやって食べるんですか？」とお店の人に訊かれました。鬼ゆずはザクザク切って、白いわたも一緒に、皮ごとゆっくり甘く煮ます。シナモンスティックも一本。柔らかくなったら、水溶き片栗粉をとろ〜り混ぜて、薫り高いマーマレードのできあがり。

むかごは茹《ゆ》でて、お塩をパラパラ。これだけで、ほくほくおいしいです。それをオリーブオイルでコロコロ炒めて、塩胡椒、パセリのみじん切りを絡めると、すてきなイタリアンに。生でポリポリ食べてもＯＫ。秋のワンプレートの片隅にむかごがあると、楽しいです♪

＊最近

「ちょっと、冷房効きすぎじゃないの。夏は暖房効きすぎだったし。このところの省エネ対策はどうなってるのかしら？」と、口をとがらせてひとりごとを言ってるおばあさんが歩いていました。寒い朝です。シヨーウィンドウに映ったその人は、私によく似ていました（笑）。

＊ヒュ〜ッテ

「クヌルプヒュッテ」という山小屋に行きました。特急あずさの車窓に、飛んでいく緑の景色の美しさ。

霧ヶ峰、強清水《こわしみず》、沢渡というところを辿って、昔、三冊の詩集を仕上げたなつかしい山小屋へ。書棚には、今もヘルマン・ヘッセ。

外は中秋《ちゅうしゅう》の名月《めいげつ》。次の日はスーパームーン。目がつぶれそうなほどのすごすぎる名月の輝きにクラクラしました。

＊びっくり

若いお嬢さまが「谷中生姜《やなかしょうが》」って何ですか？　どうやって食べるんですか？　とおっしゃり、びっくりしました。それがおひとりじゃないんですもの。

夏バテにとてもよく効きます。お味噌＋マヨネーズなどつけて、ぜひ、生《なま》のまま召し上がっていただきたいです。とてもおいしくて、気分もすっきりしますヨ。

＊風のように

私のアイドル、外山滋比古先生のご本『老いの整理学』（扶桑社文庫）に、すばらしいお言葉発見。本を読むのは、スポーツ、遊びとして。最後まで、読み切る必要より、「風のように読む」のがいい。さらっと上辺をなでるように読む。それでけっこう面白い。それどころか、そういう読み方でなくては目に入らないことが飛び込んでくる。ふふ……それでいいんですね、先生。

＊どこからか

寒いのはOKですが、暑さにはぐったりの私。そんなとき、どこからか涼しい風が流れてくると、本当にうれしい。

あるとき、電車の中で、ふと見上げると、そこには黙って、ただ黙って、涼風を振りまく仕事師の姿が。ああ、なんと立派なお仕事ぶりでしょう。私が尊敬と愛の眼差しで、天井の丸いかたちの仕事師の姿を見つめると、照れくさそうに向こうを向いてしまいました。

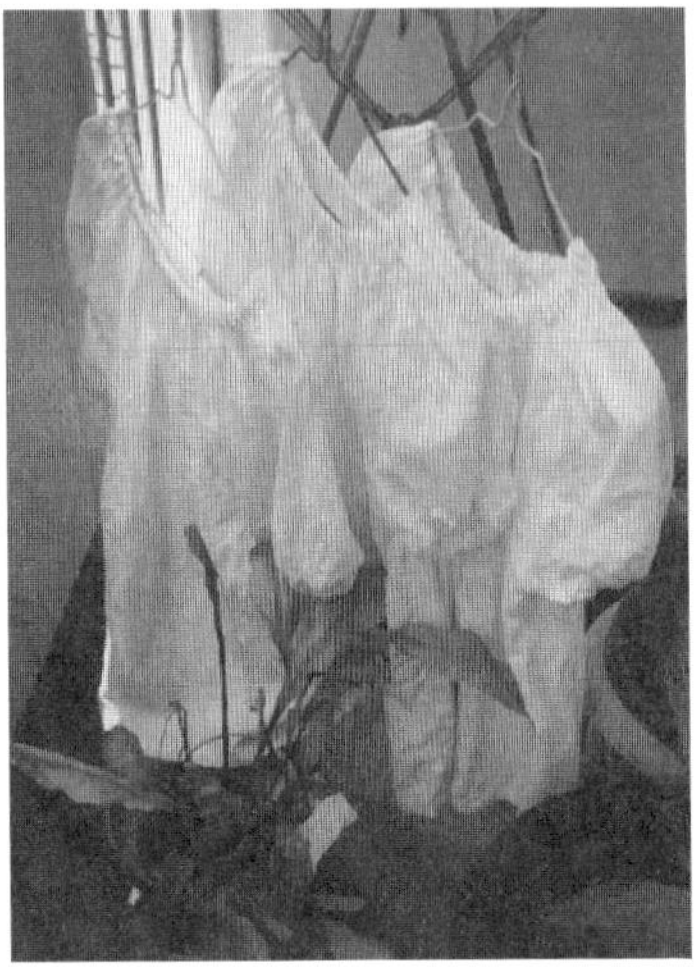

どうかお元気で。またお会いしたいです。扇風機さま。

＊一年中

いわゆるワンパターン？　私のブラウスは同じパターンの4枚を、昔から、洗って干して、洗って干して着ています。春夏秋冬。だから何か？　いえ、別に（笑）。

＊パタパタ

蒸し暑い日はお扇子です。自分のほしいときに、いつでもどこでも、おデコに涼しい風を送ることができるなんて！　しかも、パッとすぐにたたんで仕舞えるなんて、これが魔法でなくて何でしょう？　今、扇子と目があったので、ごあいさつしてみました（笑）。

＊トロリ

石鹸《せっけん》がだんだん平べったくなってきたら、それをお料理のように、刻んだり、煮たり、スパイスを混ぜたりして、トロリとしたものを作ります。ふふ。とても使い心地がよくて楽しいです♪

＊夏休み

夏休みと言えば、ハンモックで読書ですよネ～。ハンモックがない場合は電車でしょうか？

『リンバロストの乙女』（ジーン・ポーター作　村岡花子訳　河出文庫）がすてき。電車でも、カフェでも、ベッドでも、緑豊かな森に暮らしてるような気持ちになります。虫たちの羽音も聞こえます～。優しく賢い野性の少女エルノラ！　次は、同じ作者の『そばかすの少年』（村岡花子訳　河出文庫）を読む予定です。

＊原宿は？

アン・シャーリーさま。原宿は、「すてき」と思えば「すてき」。「別に」と思えば「別に」。要はその人の感性ですよね。あなたのようなトキメキ心があれば平凡な風景も、「輝く湖水」や、「すみれの谷」や「恋人の小径」になるでしょうね。心は自由自在ですものネ～♪

＊お告げ

白いテントに星が降り注ぎ、時折、雪のひとひらが……。何て美しい世界でしょう。片付けがニガテな私に、今朝、神さまのお告げが！

「お見苦しい部分を白い布で隠しなさい〜。そこには、あなたの好きな砂漠の景色があらわれるであろう」

神さまはサスガです。

＊イギリス海岸に

宮沢賢治が名づけた、花巻《はなまき》市のイギリス海岸を見てきました。

日本の田舎なのに、コローの絵のような木立と川の様子が、憧れの外国みたいです。『赤毛のアン』のアンも風景にきれいな名前をつけてましたっけ。平凡な道や街角に個人的に名前をつけると、何か愛《いと》しい風景になりますね。

＊手ぬぐい

「お紅茶に蜂蜜とおろし生姜ｍｉｘで風邪予防はＯＫよ」と得意になっていたのに、年末は風邪を引きました。

そこでなつかしの、「乾布摩擦《かんぷまさつ》」をピッとひらめきました！　乾いた美しい手ぬぐいを使って、背中などをななめにキュッキュッと摩擦するのです。サザエさん家《ち》のお父さんが、多分お得意だと思います(笑)。

キュッキュッとすると、たちまち全身ぽかぽかです。若い人におすすめすると「なんか寒そう……」と。どうやら「寒風摩擦」と聞こえたらしいです。

＊プリンセス

ふわふわのラブリーなドレスに飽きて、何だかダンディーな風情《ふぜい》のプリンセス！屋根裏部屋《やねうらべや》で、何かひとりごと。「Festina Lente」。ゆっくり急いで！という、おまじないの言葉らしいですよ。ふふ。

＊風邪引きさんへ

お紅茶に蜂蜜と生姜を混ぜてゆっくり飲み、寝るときはマスクをして、自前のミストで鼻や喉《のど》をしっとりと。食事は、玄米《げんまい》のお粥《かゆ》に蓮根《れんこん》の薄切りをいれてコトコト煮たもの。もう少しで仙人《せんにん》になれそうなスープをいただき、ほぼ通常に近い体調にもどりました。試してみてね。

そういえば思い出しました〜。正しいおばあさんのやり方。昔はたしか、真綿《まわた》を首に巻いて、そして、こめかみに梅干しをくっつけとくのでした。それを忘れていました。気持ちよさそう！　風邪は治りかけが大事。早速試してみますね。

＊先生

野生の少女、野良猫のくるみちゃん！　誰もいない実家の庭にふらりと立ち寄り、たまたまあれば、ポリポリと餌を食べ、雪の日も雨の夜も、どこでどうして凌《しの》いでいるのでしょう。「くるみちゃん」と呼ぶと、ぴょろん！　と、どこからか現れて。

くるみちゃんからは、ひと言もグチや苦労話をきいたことがありません。すてきなくるみちゃんは、私の先生で～す♪

＊屋根裏部屋からこんにちは

私の憧れの生活とは？

それは「屋根裏部屋の苦学生」なんです。ハイ。広々とした豪華なお部屋などは、と、とんでもない。「どうぞ、どうぞおひきとりくださいませ」と、いただく前にさっさとお断りしてしまいます（笑）。

＊平和的解決

「星の王子さまのガウンの色」がグリーンかブルーかで論争があったそうです。

私は意見を求められてませんが（笑）、ブルーのガウンに陽があたるとグリーンに見えるので両方の色のガウンが自然で楽しいと思います。王子さまは「ふふ、それがいいな。どちらに決めようと論争するなんて、おとなっておかしいね！」って、ささやきました。

＊不思議

心の中で、ひとり暮らしはじつに寂しい。黒猫ラッキー亡《な》きあと、動くものがいないと思っていたら、いつの間にか野良猫が部屋に入り込んで、赤ちゃんを産んだの。うれしかったけど、しばらくして、どうしましょう？　いきなり5匹も……。そのうち、里親を探さないと〜、とふと思ったら、留守の間に全員姿を消してしまいました。ビックリ。心の中でつぶやいただけだったのに、どうしてわかったのでしょう。猫のお母さんてすご〜い！　テレパシー？

母猫の判断に圧倒されて、呆然《ぼうぜん》としていると、管理人のおじさまから電話が。

「こないだ外で、可愛い、可愛いと騒いでるので出てみたら、子猫が写真撮られてましたよ！」

きゃっ。いつの間にか子猫たちは人気モデルになっていたのでしょうか（笑）。元気で活躍してくれたらうれしいです。管理人さんは「また戻ってくるかもね」と笑っていますが、はたして？

＊しあわせな時間

映画館の椅子に座り、映画が始まる前の

あの瞬間。いちばん大好き、しあわせな瞬間です。

この日観た「思い出のマーニー」（スタジオジブリ）は、そのドキドキに負けない、すてきな映画でした。隣の席の知らない男性は、いちいちメガネを外して涙をふくので、とても忙しそうでした。

＊ありがたい

37度の暑さの中、東京ビッグサイトの「癒しフェア」にいきました。癒されたい人より、癒してあげたい人が多い印象を受けました。暑い暑い、参った参ったと言ってないで、自分のからだにすでに備わっているありがたい能力に気づき、感謝すること。そのお手伝いとして、アロマや占い、クリスタルやヒーリングがあるのかもしれませんね。

＊くるみちゃん

久しぶりの実家の庭は、ますます元気なジャングルに!! 馥郁《ふくいく》たる、ひみつの花園になっています。お手入れは、くるみちゃんたち野良猫がくるくるお散歩しながら土を耕し、養分をそっと混ぜてくれているからに違いありません。

＊しーっ！

明けがた、気のせいでしょうか。ピィピィという声が、耳の奥のほうできこえました。これってサッカーの試合を見過ぎたための一種の耳鳴り？　などと考えていると、死角になっている棚の奥で、知らない猫が子猫に授乳しているのを発見。きゃ、どこから？

「いつの間に入ったの!?」と訊くと、「静かにして」と叱られてしまいました……。

＊歯医者さん

月に一度、歯のクリーニングに。歯科衛生士さんのお腹が私の耳の位置。ときどきググーッと聞こえて可愛らしいです。

先生にハキハキと質問するおばさま。「では先生、歯は食べ物を食べやすく砕くためにあるざんすね」「ハイハイ、そのとおりですよ」「まあ、命の恩人として大切にしなければなりませんざんすね〜」ハイハイ、そのとおり！

＊モデル

どくだみの花って現実的には薬草のイメージが強いのですが、竹久夢二《たけひさゆめじ》先生は、この花の姿かたちも、お気に入りだったみたいですね。帯に手描きされ、恋人に贈ったり、ポチ袋にデザインされたり。

爽やかですっきりした白い花。華やかではないけれどひっそりと咲いている、弱そうで強そうなお花です。

＊手先が不器用

アパートの廊下で懸命の荷造り。大切な作品入り額縁です。ふう。

通りかかった奥様に「まあ、ゴミだし大変ね。ごくろうさま」と言われてしまいました（汗）。

＊香り

この世の香りの中で、蘭《らん》の花に次《つ》ぐトップの座まちがいなしのすてきな香り。それは、あけびの花の香りです！　ご存じない方も多いことでしょう。ちょっと暗紫色のお花です。

＊意味

「女将ください」「御上ください」「お髪ください」「お神ください」「お紙ください」と、とてもていねいに、何をくださいとおっしゃっているのでしょう？　開けた口を閉じて、上の歯と下の歯を噛《か》みなさい、ということだとわかりました。歯医者さんごめんなさい。

＊磨く

かっこいいおじさま代表・小林秀雄《こばやしひでお》先生。外山滋比古先生とともに、私のアイドルです。『小林秀雄対話集　直観を磨くもの』（新潮文庫）というご著書のタイトルにある「磨く」というお言葉に反応して、とりあえず、床や、鏡や、フライパンや、いろいろ片っぱしから磨いていています。「感性だよ、君」というお声も聞こえつつ、まわりのものを磨いてから、ご本を読むつもりです。

＊おうちジム

草冠《くさかんむり》ってすてき。クローバーで、よく作りましたわ。

さて、ジムに行く時間もお金もない私。ダイエットスリッパを買いましたので、ヒジョーに楽しみです。ふふ、これを「おうちジム」と呼ぶ私を、笑って許してくださいね。

＊迷子

いろいろ時間的なピンチが続いているせいか、外国旅行先で迷子になり、ホテルにも帰れず、言葉も通じず、焦《あせ》りまくる夢を見ました。

朝、目が覚めたら、無事日本に戻っていたので、すごくうれしかったです！　今朝は道で、知らない人にも「お早うございます！　お寒いですね」とご挨拶。言葉が通じているらしく、うれしいです！

＊ざんね〜ん

冬来《きた》りなば春遠からじ〜♪　もうすぐ春、というときって、いたずら好きな神さまが、大雪を降らせたり。ふふ。もちろん、こんな日は、旅行用のフード付きの透明なビニールレインコートを着てお散歩です。
大好きな雪降りなので、鼻歌を歌いながら、軽い足取りで画材店へ。ところが、な、な、何と、「本日、大雪注意報のため、誠に勝手ながら臨時休業とさせていただきます」という貼り紙があるではありませんか！　こんな吹雪《ふぶき》の中、キャンバスを買いに行く健気《けなげ》な自分にうっとりしてたのに、ただのマヌケちゃんになってしまいました(笑)。

＊器用

朝の電車の中で、アイメイク！　まあ、何と息づまるひととき。満員電車の中で、まつげの1本1本にマスカラを塗っていく見事な技。クルクルと道具のキャップを開けたり、閉めたり。その指先のまめまめしい動き。そして電車を降りるときには、さっきと別人のパッチリオメメになって。あんな技で絵を描いたらすてき。がんばりま〜す（笑）。

＊ペーパータオル

洗って使えるペーパータオル！　前からあったのかしら？　先日見つけてしあわせです。レストランで出るおしぼりが1回使ったきりでは、もったいないない、もったいな〜い、と捨てられない私。こんなすてきなものを発明した人、エラーイ。

＊お友だち

私は父の仕事の関係で、小学校を4回転校しました。「こんにちは」「では、さようなら」と、けっこう忙しかったです。それで、友だちは多いような、少ないような、不思議な感覚が今でもあります。それでも、まだ付き合ってる人もいるってことは？　じつにミラクル o(^-^)o

＊夜のお散歩

原宿、ラフォーレ前の銀杏《いちょう》の樹に星がいっぱい咲いてます。ちょっと風が吹くと息をするようにふくらんでゆれるのよ。わぁ、生き物なんだ！ って思わず見上げます（いつの間にかこの樹はなくなり、がっかり）。

＊メモ魔

私はメモ魔というか、単語カードを首から下げて、いろいろメモして、喜んでいるのです。

久しぶりに実家のお掃除をしていたら、何と、亡き母のメモを発見。単語カードに、細かい文字で、聖書の中のお気に入りの言葉が書いてありました。

＊雨降り

なぜか、ひとりぽっちの雨の日が好き。銀座の教文館《きょうぶんかん》のカフェでコーヒーとジェラートを注文。ついてきたビスケットは本の形です。うれしくて食べられな～い o(^-^)o

＊棚からポロリン

古いノートが現れて、「人生が旅ならば、荷物はスーツケース1個にまとめよう」と書いてありました。いったい誰が書いたのでしょうか（笑）。

＊エラ～イ！

扇風機ってすてき！　風を作るだけでもすごいのに、自由に風の方向を変えたりできるなんて、魔法使いとしか思えません。発明したひとエラ～イ！

＊すみっこ

電車に乗るといつも、すみっこを見て、ハッとする私です。たいていどの電車も、ツルツルのピカピカにお掃除してあります。「は～い、わかりました。がんばります」と、勝手にうなだれています（笑）。

＊風の通り道

蒸し暑すぎる街。グッタリして歩いていると、スーッと涼しい風が通り抜ける道が！　よく見ると、どこの街にも必ずありますね。こういう道を見つけると、ニッコリです。多分、これって猫がお得意の分野です。ふふ……。

＊またもや

真鶴《まなづる》の鈴木《すずき》悦郎《えつろう》画伯を訪ねたとき、お食事後にお台所からよい香りが。それは焙烙《ほうろく》を使って焙じ茶を煎《い》っている香りでした。私も、香ばしい焙じ茶をぜひ！　とワクワク帰宅。焙烙、探したらありました、戸棚のすみっこに。ふふ。これで毎朝、緑茶をほろほろゆすぶって、焙じるわけです。

フライパンでもOK。はじめにフライパンを熱してから弱火でね。蒸し暑さを忘れる、すてきなひとときです。

＊コラージュ

気分転換にコラージュ♪　美容と健康にコラージュ♪　不老長寿にコラージュ♪
コラージュがひとつ、コラージュがふたつ、
コラージュがみっつ。とうとう眠くなりました o(^-^)o

＊リボン

うっとうしいお天気が続くので、何となく水色のリボンをいっぱい作りました。ふう。冷蔵庫やバスルームのドアに飾りました。何だか涼しい風が、スーッと吹いてきました。

＊暗闇の友だち

お目当ての映画のチケットが売り切れで、気紛《きまぐ》れに観た映画は、ウディ・アレンの「ローマでアモーレ」。まぁ、さすが！　面白くて、笑いながら人生を教えてくれる、おしゃれな映画でした。

何より、同じ場面で吹き出したり、涙ぐんだりする暗闇の中の人々。外に出たら、知らない通行人同士なのに、映画館の中ではすてきな友だちね！

*どくだみ

久しぶりに実家の風入れにいきました。

庭はあじさいと薔薇の花ざかり。そして下には一面のどくだみの花。

「どくだみ」なんて名前は、ちょっと可哀想な気がします。清々《すがすが》しいすてきな白い花。そしてハート形の葉。しかも薬草ですもの。乾かしてお酒につけて、化粧水を作りましょう。

*軍手

気分転換に山歩き。大好きな軍手をはめて。軍手って、なぜかとても頼もしく、どんな危ない山道でも、これさえあれば大丈夫！　と思わせてくれます。実は街中でも、はめたいと今、思っているところです（笑）。

あなたのおちゃめ力　スクラップ帖

言葉を書いたり、誓いを書いたり、お気に入りの何かを貼ったり。絵日記やスクラップブックにしたり。このページをおちゃめ力のバッテリーにしてくださいネ！

Good night
Believe
Love

blue bird
dreams
happy

Smile
Rainbows

なにごとも
大らかに受けとめる
ように、と
言われました。
たしかに。
すてきな人って
心が広いみたい。

著者紹介

田村セツコ　Setsuko Tamura　イラストレーター・エッセイスト

1938年、東京生まれ。B型、みずがめ座。高校卒業後、銀行OLをへて松本かつぢの紹介でイラストの道へ。1960年代に『りぼん』や『なかよし』の〈おしゃれページ〉で活躍。1970年代には全国十数社と契約を結び〈セツコ・グッズ〉で一世を風靡する。1980年代にはイラストを描いた「おちゃめなふたご」シリーズ（ポプラ社）がロングセラーになる。サンリオの『いちご新聞』では1975年の創刊以来、2020年の現在も〈イラスト＆エッセイ〉を連載中。詩作も手がけ、『おちゃめな生活』（河出書房新社）など著書多数。現在はコラージュ技法を使った作品を精力的に手がけ、年に数回個展を開催。講演会、トークショーなどで女性に元気を与え続けている。＊カバーの写真は何年前のものでしょう？（笑）

編集協力　早川茉莉

おちゃめ力宣言します！
いろいろな悩みや不安もハッピーに解決！

2020年5月20日　初版印刷
2020年5月30日　初版発行

著　者　田村セツコ
発行者　小野寺優
発行所　株式会社河出書房新社
〒151-0051 東京都渋谷区千駄ヶ谷2-32-2
電話 03-3404-1201（営業）
03-3404-8611（編集）
http://www.kawade.co.jp/
装幀・レイアウト 堀口努（underson）

印刷・製本　三松堂株式会社

Printed in Japan
ISBN 978-4-309-02884-2